난 열다섯,
한 번도 그거
못해 봤어

난 열다섯, 한 번도 그거 못해 봤어

모드 르틸뢰 지음 ― 이세진 옮김

팀

랭에게
크리스토프에게

'난 열다섯, 한 번도 그거 못해 봤어.'

그렇다. 난 이 짧은 문장을 매일 아침, 매일 저녁 되뇐다. 특히 역사 수업 시간에, 그리고 역사 시간만큼은 아니지만 가끔은 다른 과목 시간에도 되뇐다.

난 열다섯 살이고 이미 이백이십팔 번이나 사랑에 빠졌었다. 첫 키스는 두 살 때 했다. 먼 친척 남자애가 자기 첫사랑이랑 하기 전에 나랑 연습을 좀 해 보고 싶다고 그랬다. '그걸' 하기 전 단계는 벌써 여섯 살 때 뗐다. 열한 살 때에는 쾌감을 맛보았다. 단, 밝혀 둘 사항이 약간 있다.

첫째, 지평선이 '누군가를 만나기까지 얼마나 끝없이 가야

하는지 보여 주지.' 라고 작정한 것 같을 때, 고독한 여행을 하다 보면 의기소침해지기 마련이다.

둘째, 두 살 때 했다는 첫 키스는 엄마의 설명으로(후회 어린 한숨과 훌쩍거리는 소리가 간간이 끼어든) 복원된 흐릿한 기억밖에 없다.

셋째, '그걸' 하기 전 단계로 말하자면 영원히 잊을 수 없을 만큼 황홀했다. 하지만 내 사랑은 나에게 육체적 쾌락을 가르쳐 줘 놓고 그다음부터는 플레이 모빌 놀이만 하자는 게 아닌가. 엎친 데 덮친 격으로 플레이 모빌은 옷을 벗길 수가 없기 때문에 야시시한 분위기를 내기란 불가능했다. 난 일부러 플레이 모빌을 묘한 자세로 겹쳐 놓곤 했지만 팔이나 상체를 굽힐 수 없는 플레이 모빌은 사랑을 나누는 연인이라기보다는 겹겹이 쌓인 시체에 더 가까워 보였다.

난 열다섯 살이다. 작정하고 '그걸' 했다면 분명히 골백번도 더 할 수 있었겠지만 꿈을 너무 야무지게 꿨는지 현실이 불안하게 다가왔다. 게다가 까놓고 말하자면 기회도 생각보다 오지 않았다. 내가 (머릿속으로) 나의 성감대를 찾으려고 골몰하는 동안 우리 반 찌질이들은 지들 얼굴의 여드름이나 세고 앉았다. 당연한 얘기지만, 역사 시간에 특히 그럴 때가 많다.

나의 첫 경험 집착증의 문제점은 이런 얘기를 나눌 상대가 없다는 것이다. 누구나 알다시피 정말 각별한 생각을 자기 속에만 담아 두다 보면 결국 그 생각이 어마어마하게 커지고 만다. 가끔은 지극히 개인적인 내 문제에 아무 관심도 없는 세상이 야속할 정도다. 언젠가 이것 때문에 내가 미쳐 버리든가, 아니면 영원히 이 문제를 풀지 못할지도 모른다. 뭐, 사람이 미치면 가까이 있는 이들과도 자연히 멀어지는 법이니 그 두 가지가 한꺼번에 일어날 수도 있겠다.

내가 그런 쪽은 좀 안다. 우리 집 여자들은 모두 약간 맛이 갔다. 우리는 태어날 때부터 그런 싹수가 보였고, 그런 '점'을 유지한 채 살아왔다. 게다가 어쩌면 그게 하나의 징조, 예정된 운명인지도 모른다. 내 몸에는 거의 눈에 띄지도 않는 조그만 '점'이 굉장히 많다. 언젠가 사랑하는 사람이 그 점을 발견하고 어루만져 줄 테지.

예전에 내 오른쪽 엉덩이에서도 그런 '점'을 하나 본 것 같다. 나의 첫 번째 그이에게 그 점을 사진 찍어 달라고 할 거다. 나로서는 침대 맞은편에 세워 둔 전신 거울 앞에서 온몸을 뒤틀어 가며 겨우 그런 점이 있다는 걸 언뜻 보았을 뿐이다. 그 사진을 잘 간직해 뒀다가 언젠가 내 이야기를 책으로 낼 때 표지에 넣을 거다. 뭐, 엉덩이 사진을 표지로 쓰면 책이 잘 팔릴 거라는 단순한 발상일 뿐이다. 내 엉덩이가 대단하진 않지만 제법 실한 데다가, 셀룰라이트라고는 조금도 없다. 적당히 자연스럽게 빵빵한 내 엉덩이의 동양적인 우아함을 언젠가 제대로 써먹고 싶다.

표지에는 점이 있는 엉덩이 사진을 흐릿하게 넣고 그 위에 태그 형식으로 《난 열다섯, 한 번도 그거 못해 봤어》라는 제목을 넣는 거다. 아직 확정된 제목은 아니다. 솔직히 제목은 출간을 앞두고 짓는 게 나을 것 같다.

여기에는 두 가지 분명한 이유가 있다. 첫째, 애정 전선 고민에 시간을 너무 많이 잡아먹어서 그런 계획을 제대로 세우지 못했다. 특히 잠들기 전에 감각 계발 훈련에 심취하다 보니 요즘은 일기장을 펴 볼 틈도 없다. 둘째, '그걸' 해 보고 나면 《카퓌슈의 콘돔 15년(재수 없으면 16년이 될 수도 있음)》같은 좀 더 대담한 제목을 짓게 될지도 모르니까. 카퓌슈capuche는 머리에 씌우는 후드 또는 두건을 의미하는데 이것을 성기에 씌우는 콘돔에 비유함 - 옮긴이

책 제목으로 제법 괜찮지 않나?

카퓌슈는 바로 나다. 난 콘돔 사용에 찬성한다. 실제로 한번 써 볼 나이도 됐다. 그러니까 그 소설의 일부는 어느 중학교를 배경으로 펼쳐지고, 또 다른 일부는 자줏빛 방의 침대위에서 펼쳐질 것이다. 나머지는 영광스럽게도 내가 태어나

서 지금까지 처박혀 살아온 앙제르 거리가 배경이 될 것이다. 카퓌슈는 내 이름인 카퓌신 Capucine 육지에서 피는 연꽃의 의미를 가진 한련을 가리킴 - 옮긴이의 애칭이다. 'C' 자로 시작하는 이름에는 별의별 놀림이 다 따라붙는다. 어떤 사람은 카퓌신과 베카신 bécassine 조류 중 하나인 메추라기도요를 가리킴 - 옮긴이을 혼동하기도 한다. 이 두 경우에 나는 홍보와 작전에 따라 꽃이 될 수도 있고 메추라기도요가 될 수도 있다. 꼭 선택을 해야 한다면 차라리 메추라기도요가 더 좋다. 메추라기도요는 맛을 음미하고, 먹고, 집어삼키고, 이빨로 와작와작 씹을 수 있지 않은가. 내가 그런 대상이 된다고 해서 기분 나쁘지는 않다.

옛날부터 알던 사람들은 날 카퓌신이라고 부른다. 나머지 친구들은 다 카퓌슈라고 부른다. 브레인 카퓌슈. 머리가 좋다는 이유로 그렇게 부르는 것 같다. 솔직히 나는 요즘 공부가 시들하다. 내 시간은 꿈을 꾸느라 다 간다. 아니, 환상을 키우느라 다 간다. 혼자만의 환상을 좇는다. 너무나 거대하고 감히 상상할 수도 없는 환상이기에 남자의 눈조차 똑바로 쳐다볼 수가 없다.

늘 생각한다. 만약 어떤 남자가 내 속을 들여다본다면 날 어떻게 생각할까…… 사실 그런 생각 자체는 불쾌하지 않다. 난 도발을 좋아한다. 하지만 지금은 그런 도발이 내 머릿속에만 존재한다. 게다가 벌써 그런 상상을 다스리기가 쉽지 않다. 브레인 카퓌슈. 엉망진창 카퓌슈. 콘돔과 두건. 모자와 …….

짧게 가자.

난 열다섯, 한 번도 그거 못해 봤다.

진실은 그거다.

오케이, 오케이, 오케이, 오케이, 으응. 으응. (한숨) 좋아.
(잠시 침묵) 알았어. (긴 침묵) 탁탁탁(내 방으로 걸어오는 발소리).
척(《베이스 매거진》을 펼치는 소리). 마르탱!!! (우리 엄마 목소리) 완
전 사기다. 대개의 평범한 가정에서는 벌써부터 고기구이 냄
새와 느끼한 소스 냄새가 진동해야 한다는 얘기다. 마르
탱!!! (침묵) 오늘 저녁은 뭐니?

　홍(이건 설명할 필요 없겠지?). 살랑 아니고 털썩(잡지를 펼쳐서
매트리스에 엎어 두는 소리). 우지끈(왼쪽 발가락이 삐끗했다). 거실
로 조용히 이동하자, 복도 방(원래 복도였는데, 엄마 방으로 쓴다)
을 지나서 왼쪽으로 살짝 돌아 소파베드를 따라간다. 엄마가

DAEU 일정 나이 이상의 성인이 학력 제한 없이 2년 코스 이수 후 대학에 진학하는 제도 -
옮긴이를 통과하겠다고 결심한 이후로 소파베드는 엄마 방에
서 한 번도 접힌 적이 없다.

이게 다 학부모 상담 때문에 생긴 일이다. 엄마와 선생님
이 나의 거지 같은 성적을 두고 머리에 쥐가 나게 고민한 결
과다. 그나마 프랑스 어는 나의 경이로운 상상력 덕분에 그
럭저럭 중간은 했다. 하지만 이건 공갈이다. 상상력은 개뿔,
조금 특수한 책들만 읽으면 되는 건데.

우리 엄마는 DAEU를 이수한다. DAHU랑 헷갈리면 안 된
다. DAHU는 짜릿한 기분에 목마른 청소년이나 하는 바보
같은 게임 이름이니까. 어쨌든 엄마가 선생님 앞에서 맹한
표정이나 짓지 않겠다고, 나를 낳기 위해 모든 것을 포기했
던 젊은 날의 기분을 되찾아 보겠다고 하는 짓이라는 점에서
DAEU는 DAHU랑 좀 비슷한 데가 있다. 게다가 절대 자기
입으로 고백하진 않겠지만, 엄마가 DAEU를 이수하는 이유
는 프랑수아 마음에 들고 싶어서, 그 남자에게 특별 과외라
도 받지 않을까 해서다. 하지만 그건 김칫국부터 마시려는
수작이다. 프랑수아는 그렇게 진지한 관계까지 오지 않았다.
정말이지, 아직 그 단계는 아니라고!

소파 겸 책상을 따라가 거실 겸 주방 겸 식당으로 들어간

14

다. 우리 집은 야트막한 탁자에 둘러앉아 밥을 먹는다. 덕분에 식탁을 놓을 자리가 없어도 그럭저럭 식사를 할 만하다. 덩치 큰 소파는 놓을 수 없기 때문에 카펫 위에 방석을 깔고 앉는다. 화분이 놓인 조리대 뒤로 들어가 냉장고 문을 연다. 한숨이 나온다. 엄마 목소리가 들린다.

"오늘은 뭐 만들 거니?"

"으으으~후~."

"방금 뭐라고 했니? 두부?"

"내가 언제 두부라고 했어요? 그냥 한숨 쉰 거예요."

침묵. 종이 스치는 소리. 샥(연습장을 구겨 공처럼 뭉쳐서 화분 옆으로 던지는 소리). 사근사근하게 속삭이는 소리.

"슈퍼에 잠깐 다녀올래?"

투덜대는 소리가 저절로 튀어나온다. 슈퍼에 다녀왔다가는 내일 리허설에 필요한 인트로 작업을 마칠 수 없을 테고, 조에게 욕을 바가지로 먹을 거다. 그 녀석이 나트를 바라보며 우리에게 이렇게 말하겠지. "야, 너희끼리 하나도 안 맞잖아." 조는 다함께 노래를 부르는 부분에 그루브가 실려야 한다고 베이스와 드럼 연주를 다시 짜라고 하겠지. 나트는 스틱을 스네어 드럼 snare drum 작은북으로 드럼 세트 구성 악기 중 하나 - 옮긴이 위로 쳐든 채 멈칫할 테고, 우리는 사실상 현행범으로 걸려

든 풋내기 같은 표정을 짓겠지. 그 상황에서 내가 "엄마가 장을 봐 오라고 해서 시간이 없었어."라고 변명할 순 없잖아.

우리 밴드 '흔들리는 돌'은 슈퍼니 두부니 하는 내 사정을 조금도 봐주지 않는단 말이다.

"그건 그렇고, 너 숙제는 했니?"

"휴우……."

냄비에 물 받는 소리. 페스토 소스에 버무린 파스타와 갈아 놓은 당근 남은 것을 익혀야겠다. 그러면 슈퍼에 가지 않아도 된다. 엄마는 배를 깔고 누워 인상을 쓰며 열심히 공부하는 중이다. 나는 엄마 방 벽에 등을 기댄다.

"저녁에 온대요?"

머리카락 한 올이 엄마 눈앞으로 떨어진다. 약간 뾰로통한 표정이다.

"응, 하지만 늦게 올 거야. 오늘 학부모 상담이 있대."

엄마는 학부모가 자기 남자 친구를 공연히 붙잡아 놓는다는 듯이 고개를 들고 얼굴을 찡그린다. 하지만 엄마가 모르는 게 있다. 교사와 학부모의 상담은 아주 유익할 수도 있다. 그 만남이 꼭 우리 경우처럼 이상하게 꼬이란 법은 없다. 다른 집 엄마 아빠는 선생님이 표현의 자유를 너무 모른다고 열 받지 않는다. 또 "아드님은 총체적 난국입니다."라는 말을 들었다고 해서 울고불고 난리를 피우지도 않는다. 실제로 선생님이 이런 말을 하진 않는다. 예를 한번 들어 본 거다. 어쨌든 표현은 달라도 내용은 다를 것이 없다. 다른 부모는 그런 말을 듣는다 해도 자식이 아니라 본인에게 열등생 딱지가 붙은 것처럼 자책하지 않는다.

우리 엄마는 선생님과의 상담이라도 있을라치면 일주일 전부터 아무것도 못 먹는다. 문제의 그날이 닥치면 열에 들떠 안절부절못하는 꼴이 우울증을 동반한 거식증 환자가 따로 없다. 사실은 엄마가 꼭 우울해한다고 말하기는 뭐하다. 아니, 엄마는 적자가 확실시되는 월말에도 표정이 약간 안 좋을 뿐 활력이 넘치는 사람이다.

나로 말하자면, 모두 '아무짝에도 쓸모없는 놈'이라고 한다. 하지만 프랑수아만은 우리 밴드 공연을 보고 사운드가 좋다고 했다. '아무짝에도 쓸모없는 놈'은 내가 좀 과장한 거고, 사실은 그렇지 않다. 계발을 안 해서 그렇지 잠재성은 풍부하다는 둥, 열심히만 하면 달라질 거라는 둥, 그런 말도 많이 들었으니까.

결국 그 시험은 엄마가 나에게 공부하는 취미를 붙여 주려고 벌인 일일지도 모른다. 지금으로 봐선 그 작전은 실패한 것 같지만 말이다. 그래도 난 아무렇지도 않은 척, 엄마가 엄청나게 자랑스러운 척, 엄마가 모의고사 역사 과목에서 20점 만점에 무려 18점을 받아서 뿌듯한 척하고 있다. 난 엄마가 역사 과목을 잘하는 이유를 안다. 절대로 수업 덕분은 아니다. 그래도 난 아무 말 않는다. 엄마가 성적표를 붙잡고 기뻐 날뛰거나 말거나 내 알 바 아니다. 다음번 학부모 상담이 벌써 상상이 간다. 이런 걸 직감이라고 해야 할지 모르지만, 다음번 학부모 상담은 지금까지의 그 어떤 상담보다 지독한 악몽이 될 것이다.

학교에서 무슨 일이 있든 밖에서는 모른 척한다는 프랑수아의 원칙에 위배되지만 할 수 없다. 이번만은 프랑수아에게 한마디 해야겠다.

확실히 이 면담은 불필요했다. 하지만 내가 마르탱 선생님을 30분 더 붙잡아 놓을 수 있는 방법은 이것뿐이었다. 게다가 이건 잠깐이나마 선생님을 독차지하는 여학생이 될 수 있는 유일한 방법이기도 했다. 난 용의주도하게 작전을 세워 학교에 먼저 도착했다. 엄마 아빠한테는 약속 시간을 일부러 15분 늦게 가르쳐 줬다. 이로써 나는 오후 6시부터 15분까지 마르탱 선생님의 침묵을 온전히 누릴 수 있게 된 것이다.

내가 수집한 데이터에 따르면 선생님은 스물일곱 살. 교육자로서의 열정은 있는데, 수업 시간 최면 신공으로는 가히 종결자라고 할 만하다. 헐렁한 청바지와 트레이너 속에는 그리스 신과도 같은 훤칠한 몸매를 숨기고 있는 듯하고. 이름은 프랑수아, 프랑스 역사를 가르치는 사람으로서는 더없이 잘 어울리는 이름이다.

선생님이 말없이 나를 내려다보고 알림장을 살피더니, 눈썹을 치켜뜬다.

"카퓌신, 너처럼 우수한 학생이 갑자기 이렇게 성적이 떨어지다니 웬일이냐?"

그가 미소를 짓는다. 물론 다른 학생한테는 이런 식으로 말하지 않는다. 오직 나한테만 나를 잘 안다거나 개인적 친분이 있는 것 같은 인상을 주려고 하는 것 같다. 나는 알림장 표지만 손가락으로 만지작거린다.

"집중력이 흔들려서일까요?"

이 말은 하지 말걸. '흔들리다' 라는 말에 내가 흔들려 버렸다. 얼굴이 빨개진다. 나도 내 얼굴이 빨개진 줄 안다. 눈 깜짝할 사이에 배에서부터 뺨까지 열이 확 올라왔으니까. 눈을 내리깐다. 그는 내가 일부러 나쁜 성적을 받으려고 애썼다는 생각은 꿈에도 못 할 거다. 숙제를 일부러 빼먹고도 맹추처럼 보이지 않기가 얼마나 어려운데. 거짓말이기는 해도 정말로 그럴싸한 변명거리를 지어내야만 한다. 공부할 때도 이렇게 머리를 쥐어짠 적은 없다!

선생님이 나를 향해 고개를 숙여 정말 괜찮은지 물어본다. 그는 다정한 몸짓, 위로의 제스처를 자제하고 있다. 이 타이밍에서 기절한다면 어떨까 망설여진다. 학교엔 우리 둘밖에 없다. 선생님은 정신 차리라고 호들갑을 떨면서 내 얼굴에 물이라도 끼얹겠지. 어쨌거나 내 심장은 미친 듯이 뛰고 난 더욱더 동요할 수밖에 없다. 그가 나를 안고 화장실로 달려가는 모습을 상상해 본다. 난 화장실을 좋아한다. 화장실은 나의 몽상에 가장 즐겨 등장하는 장소 중 하나다.

찰나의 순간이다. 머릿속을 재빨리 스쳐 지나가는 생각. 그 생각을 오래 붙잡고 싶다. 시간을 멈추게 하고 싶다. 마르탱 선생님이 나를 안고 세면대까지 달려가는 과정을 천천히 음미하고 싶다. 그에게 조그만 계집애 같은 목소리로 말하고 싶다. 오줌이 마려워요. 안됐다는 생각에 그의 마음이 누그러진다. 그러다 깨닫는 거다.

우리의 지금 이 순간이 아주 특별하다는 것을, 빌크루아 중학교 화장실을 평생 추억 속에 간직하며 감회에 젖게 될 것임을, 이제 화장실이 예전과 다르게 보이고 락스 냄새마저도 예전과는 다르게 다가올 것임을. 화장실은 추억의 무덤이 될 것이요, 팬티에 생리 혈이 묻지는 않았는지 확인하느라 뻔질나게 드나들 때처럼 매일매일, 가급적 자주, 화장실을 찾을 것이다. 다른 애들은 내가 무월경과 정반대로 1년 365일 생리를 하나 의심하겠지. 그 추억의 피 흘림은 내 청소년기 삶에서 지울 수 없는 흔적으로 남을 거다.

　선생님이 알림장을 덮고 나에게 말한다. 나를 잘 알아서 하는 말인데, 성적은 다시 오를 테니 걱정하지 말란다. 뭐, 어쨌든 선생님과 면담하면서 15분간 은밀한 시간을 가질 수 있었으니, 나쁜 성적을 받으려고 애쓴 보람이 있다. 선생님이 시계를 확인하는 걸로 봐서 이쯤에서 내 욕심을 접어야겠다. 엄마 아빠가 팔짱을 끼고 들어온다. 두 분이 학부형이 된 이래로 이렇게 학교에 불려 오기는 처음이다. 엄마는 민망하게도 꽃무늬 치마를 입고 왔다. 열차 차장 제복을 입은 아빠한테서는 땀 냄새가 난다.

　마르탱 선생님이 씩씩하게 손을 내민다. 선생님은 부모님을 안심시키며 그저 예방 차원에서 알려 드릴 일이 있다고 말한다. '예방'이라는 말만 듣고도 우리 엄마는 벌써 무너진다. 마르탱 선생님이 나에게 "예방책은 쓰고 있는 거야?"라고 묻고 나는 대답 대신 콘돔 다발을 건네주는 장면을 상상해 본다. 곁눈질로 선생님을 주시한다. 그가 엄마에게 앉으라고 하면서 엄마의 펑퍼짐한 엉덩이 아래로 손수 의자를 밀어 준다. 아빠는 연신 이마의 땀을 닦는다.

난 창피해서 창밖을 바라본다. 내 작전에는 한 점 부끄러움도 없다만, 엄마 아빠가 창피하다. 노인네 같은 냄새, 노인네 같은 옷차림, 왜 저렇게 늙은 티를 팍팍 내고 다니는지 모르겠다. 아들 같은 나이의 마르탱 선생님 앞에서도, 단지 이 사람이 중학교 졸업장에서 중요한 비중을 차지하는 과목을 가르친다는 이유만으로 엄마 아빠는 겁을 잔뜩 집어먹었다. 선생님이 부모님을 안심시키고 나를 처다본다.

"카퓌신(선생님은 무슨 말을 하기 전에 늘 내 이름부터 부른다), 더 할 말 있니(다른 사람이 있어서 그런지 나한테도 정색하고 말한다)?"

할 말이라. 아, 있고말고! 하고 싶은 말은 너무 많지만 절대 입 밖에 낼 수 없다. 하물며 엄마 아빠 앞에서는 어림도 없다. 나는 앞으로 좀 더 공부에 집중하겠다고 약속한다. 엄마는 그런 내가 고마운 듯 눈물까지 글썽거린다. 아빠가 엄마를 부축해서 일으킨다. 마르탱 선생님이 캔버스 가방을 닫고 가방끈을 어깨에 둘러멘다. 모두 녹초가 되어 터덜터덜 걸어 나간다.

하지만 난 아니다. 나는 맨 뒤에서 선생님 트레이너에 묻어난 희미한 땀자국을 눈여겨본다. 젊은 남자의 땀은 늙은이를 떠올리게 하지 않는다. 그 땀에서 연상되는 것은 절대적이고 눈부신 노력이다.

계단을 초고속으로 내려간다. 밴드 멤버들이 조의 집 근처 연습실에서 날 기다리고 있다. 치와와 프로덕션 밴드 경연 대회에 앞서 갖는 마지막 리허설이다. 나는 〈스케이트 어라운드 더 코너〉의 곡 전개와 자미로콰이의 〈라이브 인 베로나〉에서 영감을 받은 인트로의 베이스 슬랩 slap 손목을 회전시켜서 줄을 손가락으로 때려 소리를 내는 주법 - 옮긴이 을 머릿속으로 복습해 본다. 말 나온 김에 얘기하는데, 이 라이브 앨범의 인트로는 완전 끝장이다.

"안녕."

프랑수아가 서둘러 달려왔다는 표정으로 나를 보고 미소

짓는다. 다행히 핑거보드 fingerboard 현악기의 목에 있어 줄을 손가락으로 눌러서 소리를 고르게 하는 좁다란 판 - 옮긴이 가 문짝에 부딪히지는 않았다. 나는 베이스가 긁히지 않도록 몸을 살짝 틀어서 프랑수아가 지나갈 수 있게 해 준다.

"상담 있다고 하지 않았어?"

프랑수아는 대답하지 않는다. 나한테 학교 얘기는 입도 벙긋 안 한다. 내가 자기 수업을 듣는 이 현실만으로도 충분히 난감하다고, 학교와 관련된 일은 나에게 일절 비밀로 해 두어야 탈이 없단다. 하지만 난 항상 프랑수아에게서 뭔가 재미난 일화를 캐낼 수 있다. 이를테면 오늘은 우등생과 상담을 했다는 것, 그 애는 학교에 남아 상담을 하는 데 익숙지 않아 기절까지 할 뻔했다는 것. 안 봐도 비디오다. 프랑수아는 우등생 이름까지는 가르쳐 주지 않는다. 그거야 요령을 부리든 잔머리를 쓰든 알아내려면 얼마든지 알아낼 수 있다.

슈욱. 쿵. 연습실 문이 닫힌다. 조는 조율기를 붙잡고 인상을 쓰느라 고개도 돌리지 않는다. 나트는 스틱을 들고 손목 스냅 연습 중이다. 리허설 초반은 늘 이렇게 조용하기만 하다. 나는 베이스와 잭을 꺼내고 허구한 날 말썽을 일으키는 앰프를 확인한다. 우리가 연습실을 쓰지 않을 때에는 '아스팔트의 망가진 놈들'이라는 밴드가 여기서 죽치고 있는데, 그 자식들은 악기가 귀에 거슬리는 울림 말고 다른 소리도 낼 수 있다는 걸 모르는 모양이다. 내가 중음을 잡으면 각자 자기 악기로 음을 맞추다가 어느 시점에서 조가 고개를 들고 이렇게 말한다.

"헤이 맨, 갈까?"

우리는 고개를 끄덕인다. 나트가 내게 신호를 보낸다. 마법의 드럼 스틱 소리가 탁탁탁, 그렇게 첫 번째 세트 연주가 시작된다. 논스톱으로 45분짜리 연주, 그놈의 경연 대회 심사 위원단도 나가떨어지지 않고는 못 배길 거다. 조가 영어로 된 가사로 노래를 부르고 나는 다리를 떡 벌리고 베이스의 핑거보드를 나트 쪽으로 돌린 채 퉁긴다. 내 베이스가 땅속 깊은 곳에서부터 으르렁대며 노래하는 같다. 나는 《베이스 매거진》에서 읽은 대로 '리드미컬하면서도 안정적인 일체감'을 자아내기 위해 드럼과 호흡을 맞추려고 노력하지만, 그와 동시에 나 혼자만 무대 밖에 나와 있는 것 같은 기분이 드는 건 어쩔 수 없다. 내가 꼭 이 리허설을 멀찍이 서서 구경하는 것 같다.

곰팡내 나는 연습실에서 고물 앰프에 매달려 연주하는 세 녀석(우리). 조는 어깨를 웅크린 채 메이저 '도'를 치고 있고,

나트의 레게 머리 가닥은 스네어 드럼 위에서 마구 춤을 춘다. 나는 경연 대회를 생각한다. 내가 한없이 작게, 이제 막 베이스를 잡기 시작한 것처럼 여겨진다(실제로도 베이스를 오래 친 건 아니다만). 왜 베이스를 선택했는지 모르겠다. 어째서 이 악기는 나를 머리끝부터 발끝까지 전율케 하는 걸까. 어째서 베이스를 칠 때면 맨발로 흙을 밟는 기분이 들까. 어째서 오른손 엄지와 검지로 네 개의 현을 퉁길 때면 내성적인 나, 아무것도 아닌 나는 사라져 버리는 걸까.

나트가 땋은 머리채를 점점 격렬하게 흔들며 눈꺼풀을 깜박거린다. 조는 간간이 내 쪽을 쳐다보는가 싶더니 더 많이 나를 쳐다본다. 조가 인상을 쓴다. 나한테 뭔가 할 말이 있는 것 같지만, 그 애 눈은 자기 펜더 기타 핑거보드에서 떠날 줄 모른다. 조가 지미 헨드릭스처럼 기타를 치면서 자신의 솔로 파트를 부르고 있었다는 걸 이제야 알았다. 내 베이스가 크게 울린다. 나 혼자 연주를 하고 있다. 베이스 소리밖에 들리지 않는다.

고개를 번쩍 들었다. 두 녀석이 우뚝 서서 나를 뚫어져라 쳐다보고 있다. 나트는 드럼 스틱마저 내려놓았다.

"너 여기 오기 전에 약이라도 빨았냐? 뭐야?"

드디어 조의 잔소리가 터졌다.

"야, 네가 받쳐 줘야지. 그렇게 막 빨라지면 어쩌자는 거야? 나 참, 우리가 속주 대회라도 나가는 줄 알아?"

할 말이 없다. 파스타를 만드느라 베이스 솔로 파트를 짜오지 못했다는 변명 따위는 하지 않는다. 솔직히 그건 사실도 아니니까. 그냥 내가 얘들 수준에 맞추질 못하는 거다. 그게 다다.

나는 귀썰미는 있지만 얘들 같은 강단은 없다. 그게 차이다. 강단이란 딱 떨어지게 치수를 재거나 헤아릴 수 없는 거지만, 강단이 있고 없고의 차이는 굉장히 크다.

지난 1월 29일에 나는 열다섯 살이 되었다. 성적이 좋아서 월반할 기회는 여러 번 있었지만 내가 결사반대했다. 엄마 아빠는 당신들의 아이큐를 합친 것보다 더 높은 아이큐를 가진 딸을 낳았다고 자랑스러워하며 내가 월반하기 바랐다. 하지만 초등학교에서 중학교로 올라갈 때면 누구나 그렇듯이 자신이 반에서 가장 키가 작고 어린 태가 팍팍 나는 학생이라면 도저히 참을 수 없을 것이다. 그러니까 내가 월반을 거부한 데에는 단순하지만 지극히 타당한 이유가 있었다.

초등학교 6학년만 되어도 다 자란 기분이 든다. 우리가 알아서 해야 할 일도 생기고, 저학년 동생을 보호해 주기도 하고 놀려 먹기도 한다. 6학년 여자애들이 '차가운 도시 여자' 분위기의 늘씬한 톱 모델처럼 미니스커트를 입으면 지나가던 사람들도 쳐다본다. 그러다 중학생이 되면 그 시절은 막을 내린다. 우리는 하루아침에 톱 모델에서 쥐방울처럼 조그맣고, 어리고, 미숙한 여자애들로 전락해서는 낯선 학교 건물 복도를 헤맨다. 상급생은 우리를 비웃고 우리의 금색, 은색 펜은 이제 더 이상 마법 지팡이처럼 보이지 않는다.

바로 이런 이유에서 나는 항상 동갑내기와 같은 학년이 되기를 원했다. 머리가 특출 나다는 이유로 학급에 어울리지 않는 우스꽝스러운 꼬맹이 신세는 되고 싶지 않았다. 게다가 나는 사람들이 생각하는 것만큼 특출 나지 않다. 그저 영악할 뿐이다. 사람들이 나에게 무엇을 기대하는지 읽어 낼 수 있을 뿐, 결코 그 이상도 이하도 아니다. 언젠가 이런 자질이 진짜 나의 바람을 실현하는 데에나 좀 쓰였으면 좋겠다.

연필들이 수학 문제를 푸느라 종이 스치는 소리가 난다. 나는 잘난 척하는 것처럼 보이지 않으려고 괜히 고민을 좀 하는 척한다. 그러면서 앞쪽을 슬쩍 본다. 맨 앞줄에 앉은 수컷 세 마리의 웅크린 등짝이 보인다. 로이는 수 선생님 구두에 입을 맞출 수 있을 정도로 아부쟁이다. 녀석은 대학 입학 자격시험을 치르고 국내 최고의 경영대에 들어가고 싶다는 구실로 졸업장에 '최우수' 인증을 받기로 작정했다. 로이스 오른쪽에 앉은 녀석은 수 선생님에게 아부 떨기로는 이등쯤 되지만 두뇌는 영 떨어진다. 그래도 커닝에는 남다른 재주가 있다. 제일 벽 쪽에서 졸고 있는 녀석은 스머프를 닮았다.

스머프가 수시로 손목시계를 확인하는 꼴로 봐서는 저 녀석 머릿속에는 한 가지 생각밖에 없는 듯하다. 닥치면 될 일을 조바심 낸다고 할까, 아니 좀 더 정확히 말하자면 아침 8시부터 하교 시간만 기다리는 거겠지. 쉴 새 없이 하품만 하고 싶지 않다면 저런 녀석과는 눈을 마주치지 않는 게 상책이다. 스머프가 머리통을 한 번 흔들고 또 손목시계를 보더니 자세를 더 허물어뜨린다. 수 선생님은 한숨을 쉬며 스머프를 한번 보고는 멍한 시선을 나에게로 돌린다.

하마터면 들킬 뻔했지만 난 얼른 입에 물고 있던 연필을 빼고 열심히 생각하는 표정을 짓는다. 사실, 열심히 생각하는 중이긴 하다. 저 세 마리 수컷 중 한 놈이라도 내 안의 욕망을 일깨워 줄 수 있을까? 내가 혹시라도 저들에게 순결을 바치고 싶은 마음이 들까? 몽상에만 빠져 사느니 차라리 그게 나을까? 아니, 절대 아니다. 아니야. 내가 지금 좀 급하긴 하지만 아무하고나 아무렇게나 일을 치르고 싶진 않다. 나는 나를 리드할 수 있고 은밀한 쾌락을 끌어낼 수 있는 경험 있는 남자를 원한다. 헐떡대며 "사랑해." 소리밖에 할 줄 모르는 코흘리개 애송이는 사절이다. 나는 진짜 여자가 되고 싶기 때문에 진짜 남자가 필요하다. 지금 내 희망에 걸맞은 인물은 마르탱 선생님밖에 없다. 교무실에 갈 핑계를 급조하지 않는 한, 오늘 마르탱 선생님을 만날 일은 없을 것이다.

릴리가 윗입술 바로 위에 난 여드름을 짜고 손거울을 주머니에 넣는다. 스머프는 팔짱을 낀 팔에 이마를 처박고 아예 퍼질러 잔다. 아부대장 1, 2는 침을 꿀꺽 삼키며 답안지를 검토하고, 내 시야에 들어오지 않은 다른 애들은 플라스틱 의자에 앉아서 정신 사납게 다리를 달달 떨고 있다.

오늘은 나의 냉철한 이성이 오히려 거추장스럽다. 이 지겨운 학교생활이 가슴 아프다. 비슷비슷한 옷을 걸친 이 경직된 몸뚱이들이 안쓰럽다. 어젯밤, 너무 뜨거운 꿈을 꾼 탓에 나의 바람이 증발되어 버린 것 같았다. 말 그대로 죄다 녹아 버린 것 같았다. 그래서 이유 없이 분통이 터져서 자다 말고 벌떡 일어났었다. 아침에 일어나 보니 해는 높이 떠 있었지만, 내 머릿속에는 아직 어둠이 남아 있었다. 불투명하고 의심스러운, 어처구니없는 어둠이었다. 서둘러야 한다는 조짐이 아닐까.

빨리 진짜 여자로 다시 태어나야 하려나?

32

좋아, 좋아, 좋아, 좋아(술에 잔뜩 취하고 난 다음 날, 네 알째 진통제를 삼켜야 하나 말아야 하나 고민하는 록커가 내뱉는 저음 목소리). 그래. 내가 답을 지어내 쓴다면 수수 선생이 자기를 무시한다고 생각할 것이다. 그렇다고 백지를 냈다가는 제출만 해도 받을 수 있는 기본 점수마저 날려 먹는다.

고로 내 이름과 가장 그럴싸한 날짜를 쓰고 나머지는 재미있는 그림으로 채워 보면 어떨까. 수수 선생은 내가 그린 만화를 좋아하진 않겠지만, 내가 써넣은 말풍선 속 대사를 분석하면서 정신적인 문제가 있는지 찾으려 할지도 모른다. 그러니까 만화는 관두자. 이제 43분 남았다. 한 세트, 그러니까 열 곡, 조가 잔소리를 늘어놓으면 아홉 곡 연주할 수 있는 시간이군. 하지만 그래도 시간이 너무 많이 남는다. 나는 뒤를 돌아본다.

강제로 맨 앞자리에 앉기 전에는(지난번 상담 결과, 나는 역사 과목을 제외한 모든 수업에 자동적으로 맨 앞줄에 앉게 됐다) 늘 맨 뒷자리에 앉아 엎드려 지냈다. 그런데 엄마가 내 집중력은 유전적 문제라고 변명하는 바람에 내 의사와는 상관없이 맨 앞자리가 내 자리로 정해졌다.

모두 마지막 부분을 열심히 풀고 있다. 고개를 들고 있는 애는 우리 반 모범생뿐이다. 그 애는 난생 처음 자기가 풀지 못하는 문제를 만났다는 듯, 완전무결한 답안을 작성하지 못해 안타까운 표정을 짓고 있다. 칭찬에 이골이 날 정도로 자존심을 세워 왔기 때문에 참을 수 없는지도 모르겠다.

음, 그래. 집중하자. 난 XY 방정식은 도저히 모르겠다. 연습 문제가 구체적으로 와 닿지 않으니 X와 Y에 애들 이름을 넣어 보련다. 이를테면 X는 크자비에 Xavier, Y는 유나 Youna 다. 그다음에 곱셈으로 넘어간다. 1X를 2Y로 곱한다. 그러니까 한 명의 크자비에와 두 명의 유나를 곱한단다. 그러면 크자비에–유나라는 일종의 클론 커플이 둘 생긴다. 단, 이 예에서 유나는 처음부터 두 명이었으니까, 유나 한 명은 잉여

인간에 해당하나? 그럼 크자비에는 일처다부제를 따르나. 이들이 번식하면서 XY 새끼를 치는 건가. 그럼 그 애들은 전부 남자애들이겠군. 여자는 염색체가 XX인가, YY인가 그렇잖아. 그래, 하지만 X가 둘 있다면 여자아이 한 명과 반 사내아이가 나올 수 있겠네. 아니, 그 반대인가? 하지만 크자비에가 부인을 여럿 둔다면 어떤 유나랑 애를 만든다는 거야? 둘째 부인 이름이 유나가 아니라 이질드 Ysilde라면? 이질드, 오, 이름 꽤 괜찮은데.

나는 말풍선을 그렸지만 안에는 아무 말도 써넣지 않는다. 말풍선이 뭉게뭉게 일어나는 구름 같다. 구름은 맑은 정신으로 생각하는 데 방해가 된다. 아직도 30분이 남았다. 이제 상상력도 바닥났다.

다시 한 번 지난 리허설을 생각한다. 난 밴드 멤버들을 갓길에 세워 둔 채 혼자 고속도로를 내달린 셈이었다. 그런 경우는 처음이다. 앞으로는 너무 자주 그런 일이 일어나지 않았으면 좋겠다. 그랬다간 조가 날 자르고 새 멤버를 뽑는 공고를 낼 거다.

이 자리도 나름 편하다. 벽에 기대어 몸을 틀기만 하면 뒤에 앉은 애들까지 전부 볼 수 있다. 모두 문제 풀이에 집중하고 있다. 바로 뒤에 앉은 여자애만 예외다. 우리 반에서 나보다 성적이 나쁜 애는 얘뿐인데 허구한 날 거울만 들여다보고 있다. 그 옆에 앉은 모범생은 장례식에 참석한 표정으로 답지를 검토 중이다. 쟤는 늘 저런 식이다. 답안지를 제출할 때 표정은 "어떡해, 다 망쳤어."인데 답안지를 돌려받을 때 초연한 표정은 "20점 만점에 최하 18점은 받겠지."이다.

10분 남았다. 나는 무릎 위에서 엄지로 상상의 현을 퉁기며 베이스 슬랩을 연습한다. 실제로는 내 자신이 현 위에 아슬아슬하게 서 있다는 차이가 있을 뿐이다.

  여자애들은 내가 해 봤을 거라고 믿어 의심치 않는 눈치다. 특히, 이미 해 본 여자애들은 나도 당연히 했을 줄 안다. 걔들이 나에게 조언을 구하기도 하고, 나 역시 오랜 세월에 걸쳐 획득한 지식을 겸손하게 전수해 줄 때면 무척 즐겁다.

  나는 담배를 피우지는 않지만 체육관 뒤에 여자애들끼리 모여 담배를 피우는 곳에서 그런 얘기를 나눈다. 섹스와 그에 따르는 온갖 우여곡절에 대해서. 솔직히 내가 피임에 관해서는 좀 안다. 공기가 들어가지 않게 콘돔을 매끈하게 씌우는 법이라든가 붙이는 패치, 먹는 피임약, 부작용이나 사후 피임약에도 통달해 있다. 심지어 가족계획협회 주소도 외우고 있다. 이쯤 되니 여자애들은 나를 수호천사 바라보듯 하고 나랑 얘기를 나누면 자동적으로 보호받는 것처럼 생각한다.

그런데 걔들이 모르고 있는 게 있다. 난 그런 얘기를 하면서 내가 파악해야 할 정보, 내가 피해야 할 불미스러운 일을 마음에 되새긴다. 게다가 나는 싹수가 노란 경우를 목록으로 정리해 두기까지 했다.

- 일기예보를 미리 확인하지도 않고 다른 친구에게 지붕 없는 차를 빌려 오는 남자는 글러먹었다. 불편한 자세를 취해야 하고, 은밀한 분위기를 낼 수도 없다. 억수같이 퍼붓는 비와 여자 친구 위에서 낑낑대는 남자 주인공의 표정을 상상해 보라. 에로틱한 분위기가 잘도 잡히겠다.

- 술 취한 남자도 꽝이다. 전형적인 예다. 여자는 잘생긴 왕자님이 그녀의 마음을 사로잡기 위해 술을 진탕 퍼마시고 나타날 수도 있다고 생각한다. 하지만 그녀가 모르는 것이 있으니, 왕자님은 술 취한 연기를 하는 게 아니라 진짜 고주망태가 된 거다. 그 남자는 애무에 들어가기도 전에 곯아떨어질 거다. 결정적인 순간 직전에, 아니면 섹스 도중에 웩 하고 토하는 것보다는 차라리 곯아떨어지는 게 낫다. 첫 섹스에 이 따위 상대를 만났다간 두고두고 이를 갈게 될 거다.

- 여자 친구에게 창문을 넘어서 자기 방에 몰래 들어오라고 하는 얼굴

만 예쁘장한 남자애도 꽝이다. 잠귀 밝은 엄마가 깰까 봐 벌벌 떠는 사내 자식은 여자에게 시도 때도 없이 "쉿!" 하고 주의를 주고 마룻바닥에서 삐걱거리는 소리만 나도 거시기가 쪼그라든다.

그 외의 싹수 노란 경우는 생략한다. 목록에 올라와 있는 것도 너무 많다 보니 이 얘기를 계속하다가는 솔직히 내가 김이 새겠다.

릴리가 뭔가를 묻는 듯 쳐다본다. 전에 내가 학교에 맘에 드는 남자가 있다고 했더니, 그때부터 그 남자가 누군지 궁금해서 오로지 그 생각밖에 없다. 나도 다른 여자애들과 마찬가지다. 사랑에 빠지면 누군가에게 얘기를 하고 싶다. 좋아하는 사람 이름만 들어도 얼굴이 빨개지고, 친구 중 누군가에게 벌써 들킨 것 같다는 이유로 괜히 가슴이 쿵 하고 내려앉고…… 나도 보통 여자애들과 똑같이 이렇게 감상적으로 반응한다. 다만, 나는 비밀을 굳게 지킨다는 차이점이 있지만 말이다. 들통 날 위험을 무릅쓰기에는 사안이 좀 많이 심각하지 않은가.

"마르탱."

나는 흠칫 떨었다. 릴리가 단호하고 또랑또랑한 말투로

'마르탱'이라고 했다. 릴리는 2년이나 유급을 당했지만 절대
로 바보가 아니다. 애는 그저 학교에 적응을 못할 뿐이다. 나
는 릴리의 통찰력에 불안해진다. 심장이 미친 듯이 뛴다. 릴
리가 이어서 말한다.

"네가 유독 약해지는 상대, 난 알고 있었어. 진즉에 눈치챘
다고."

릴리는 담배꽁초를 밟아 끄면서 운동장으로 시선을 던진
다. 침묵. 릴리가 나를 관찰하게 내버려 둔 채 이 순간을 음
미한다. 그 사람 얘기가 나오니 왠지 짜릿하다. 마르탱 선생
님이 갑자기 접근할 수 있는 상대, 가능한 현실이 된 것처럼
나를 온통 비집고 들어온다.

나는 아무 말도 않는다. 말보다는 침묵이 더 멋진 꿈을 꾸
게 하는 법이니까. 릴리는 계속 신경질적으로 꽁초를 밟아
끄고 있지만, 난 지금 이 순간 릴리가 무슨 생각을 하는지 안
다. 릴리는 놀라진 않았지만 아마 이런 생각을 할 것이다.
'카튀슈, 너 아니면 누가 그런 생각을 하겠니?' 릴리는 나와
마르탱 선생님을 상상한다. 나 역시 릴리의 생각을 빙자하여
선생님과 함께 있는 모습을 상상해 본다.

이를테면 그의 아파트에서, 나는 광고에 나오는 여자처럼
냉장고 문을 열고 서 있고, 그는 소파에 쓰러진 채 나의 우아

한 여성미에 넋이 빠져 있는 거다. 냉장고 frigidaire라는 단어가 비록 '불감증 frigide'을 연상시키긴 하지만 나는 냉장고가 좋다.

릴리가 간신히 몸을 일으킨다. 종이 쳤다. 그래도 나는 잠시 그대로 앉아 있다. 나의 몽상이 냉장고를 둘러싸고 무럭무럭 피어난다. 그가 내 음료 캔을 따 주겠다고 하고, 그러면서 우리의 무릎이 서로 스치는 거다.

릴리가 나를 일으켜 준다. 다리에 힘이 하나도 없고 심장이 귓속에서 쿵쿵 요동치는 것 같다. 릴리는 앞장서서 걸어가다 뒤를 돌아본다.

"마르탱은 확실한 킹카지. 특히 그 헤어스타일이 멋지잖아."

이건 예상 밖이다. 정말이지, 우리 밴드는 도무지 예측을 할 수 없다. 아이디어를 낸 사람은 조였다. 녀석은 〈스플릿 마이 러브〉를 지미 헨드릭스처럼 와와 이펙터 effector 전자 기타가 다양한 소리를 내게 하는 장치 - 옮긴이를 사용해 솔로 연주를 하고 있었다. 골반을 앞으로 내밀고 고개를 처박은 채 몰두하던 조가 갑자기 연주를 중간에 뚝 멈추더니 이런 소리를 하는 게 아닌가.

"관객이 필요해."

나트의 드럼 스틱도 허공에 멈췄다.

"경연 대회에는 관객이 오잖아."

"경연 대회 전에, 워밍업을 하려면 관객이 있어야 한다고!"

조는 생애 최고의 아이디어가 신의 계시처럼 떠올랐다는
듯이 촉촉하다 못해 반짝거리는 눈빛을 보내며 이렇게 외
쳤다.

그제야 나도 무슨 말인지 알았다.

"그러니까 경연 무대에 서기 직전을 말하는 거야?"

"맨, 바로 그거야. 다른 그룹이 연주하는 동안 우리는 사운
드 체크를 하면서 워밍업을 할 수 있잖아. 그러다가 우리 차
례 직전에 다시 경연장으로 돌아오면 괜히 그 안에서 기다리
느라 초조하게 긴장하지 않아도 돼."

나트가 덧붙였다.

"우리 관객은 우리가 데려오는 거지."

아이디어 자체는 나쁘지 않았다. 조가 그런 생각을 했다는
것 자체가 예상 밖이었다. 나트는 스네어 드럼을 꺼냈다. 스
네어 드럼은 짐이 되기 때문에 거치적거려서 그렇지, 거리는
물론 어디라도 가지고 다닐 수 있다. 나는 화요일 저녁 6시경
에 우리를 맞아 줄 수 있거나, 최소한 식사가 될 만한 메뉴라
도 제공해 줄 수 있는 카페를 꼽아 보기 시작했다. 앰프는 걱
정하지 않아도 된다. 치와와 경연 대회 앰프를 쓸 수도 있고,
바 같은 곳에서 분위기를 잡을 때는 우리 앰프를 써도 된다.

조는 솔로를 중간부터 다시 연주했고, 우리는 조와 연주를

맞췄다. 우리는 조를 따라잡으려고 애썼지만, 사실 리듬이 잘 맞진 않았다. 그래도 상관없었다. 경연을 바로 앞두고 다른 데서 연주를 한다는 아이디어가 맘에 들었다. 우리 밴드는 늘 그런 순간에 최고의 연주가 나온다. 조의 솔로 연주 후에 내 연주는 오로지 '미' 한 음밖에 없지만 말이다. 개방현 현악기에서 손가락으로 누르지 아니하고 소리를 낼 때의 현 - 옮긴이으로 낮게 깔리는 '미'. 손을 딱 올려놓은 정지 상태에서의 '미'. 그 이후도 마찬가지다. 조가 왜곡된 '솔' 음으로 나를 따라오고, 나트는 심벌만 찰랑찰랑 울렸다.

나는 처음으로 스탠딩 마이크를 붙잡고 즉흥적으로 떠오르는 가사를 흥얼거렸다. 조가 나를 쳐다보았다. 나는 계속 '미' 음을 연주하면서 거기에 내 목소리를 실었다. 나도 내가 무슨 노래를 하는지 잘 몰랐다. 어쨌든 사랑이나 여자 얘기는 아니었다. 나는 고독에 대해 노래했다. 세상에 가슴을 열면 열수록 우리는 고독을 맞닥뜨리게 된다고.

베이스 드럼 bass drum 큰북으로 드럼 세트 구성 악기 중 하나 - 옮긴이이다. 나트가 단순한 리듬으로 가겠다는 신호를 보냈다. 우리 세 사람의 연주가 한데 엉겨 파고들었다. 내 입에서는 생각지도 못한 말이 계속 튀어나왔다. 조는 계속 나를 쳐다보며 이펙터 페달을 밟았다. 길게 늘어진 기타 음이 평소보다 더 세련

되고 미묘했다. 나는 계속해서 '미' 음을 연주하다가 어느 한순간 그 음을 서서히 잦아들게 했다. 조가 배턴을 이어받아 우리가 따라오거나 말거나 신경 쓰지 않고 선율이 매우 두드러지는 현란한 기타 리프 riff 짧은 구절을 몇 번이고 되풀이하는 연주법 - 옮긴이로 넘어갔다. 나트와 나는 마치 한 몸이 된 것 같았다. 우리는 서로를 쳐다보지 않았지만 소리를 집중해서 듣고 있었다. 사운드가 어찌나 착착 붙는지 더 이상 개별적인 연주는 상상할 수 없었고, 누가 무슨 악기를 연주하는지 구분할 수도 없었다. 그 순간, 조가 내 쪽을 보고 말했다.

"맨, 네 차례다."

항의라도 하고 싶었지만 조의 뜻을 알 것 같았다. 나는 아까처럼 다시 노래했다. 이번에도 즉흥적인 노랫말이었지만 이제 '고독'이 아니라 '감각'을 말하고 싶었다. 나는 아침에 일어날 때 그 느낌을, 왜 매일 아침 일어나야 하는지는 모르지만 그러한 무의미 속에서도 하루를 누릴 새로운 이유를 찾는 한 남자의 이야기를 노래했다. 무슨 얘기인지는 나도 모른다. 그냥 생각할 필요도 없이 저절로 튀어나왔으니까.

조는 점점 더 독특한 사운드를 찾아갔다. 나트는 드럼을 격렬하게 내리치는 대신 스네어 드럼만 부드럽게 어루만지듯 울려 주었다. 한순간, 그런 생각이 들었다. 지금 우리가 하는 건 진짜 록이 아닌데…… 하지만 그와 동시에 록이 뭔지 모르겠다는 생각도 들어서 의문 따위는 집어치웠다.

곡이 끝나고 우리는 아무 말도 하지 않았다. 나트는 계속 심벌을 부드럽게 울려 댔고, 조는 페달을 만지작거렸다. 잠시 후, 조가 일어나 잔기침을 하더니 나에게 말했다.

"화요일에 네가 노래해라."

나는 놀라지도 않았다. 마치 기다렸다는 듯이 말이다. 그렇지만 우울하지 않았던 것은 아니다. 선택의 여지가 없다고 생각해서 아무 말도 하지 않았을 뿐이다. 두 녀석 다 엄청나게 심각한 얼굴로 날 바라보고 있었기 때문이다. 나는 내 워시번 베이스의 볼륨을 낮추고 대꾸했다.

"걱정 마."

그 후 리허설을 반복하면서 우리는 뭔가가 확실히 변했다는 느낌을 받았다. 마치 우리 모두가 대번에 열 살을 더 먹고 어른이 되어 이런저런 책임감으로 무장한 것 같았다.

집으로 돌아가는 발걸음은 무거웠다. 신발이 콘크리트 바닥에 부딪치는 느낌 자체가 새로웠다. 나는 사람들과 한산한 거리와 트럭을 바라보며 내처 걸어갔다. 스스로에게 이 말을 계속 되뇌면서.

"어이, 친구, 넌 언젠가 뮤지션이 될 거야."

준비가 됐다. 오늘 아침 잠에서 깨면서 알았다. 드디어 구체적인 실행에 들어갈 때가 됐다고, 더 이상 오래 기다릴 필요가 없다고. 속옷도 새것으로 입었다. 레이스 복서 팬티와 한 세트인 브래지어다. 지저분하거나 뭐가 묻은 팬티를 입은 채 죽거나 큰 사고를 당하면 어떡하나. 나는 그런 생각을 자주 한다. 간호사가 내 옷을 벗겼는데 보풀이 일어나고 꾀죄죄한 속옷 차림이라면?

초등학생 여자애들이나 입는 하얀 면 팬티는 더 치욕스럽다. 상상만 해도 속이 뒤틀린다. 난 섹시한 모습으로 죽고 싶다. 아니면 최소한 (특히 내가 사고를 당하되 죽지는 않을 경우) 남

자 간호사가 내 몸을 보면서 횡재했다는 기분은 느끼게 하고
싶다.

나는 새 속옷을 입고 백팩 뒷주머니에 콘돔이 잘 들어 있
는지 확인했다. 뒷주머니는 열기도 쉽고 여차하면 파우치처
럼 따로 떼어서 들 수도 있다. 가방 안에 든 콘돔을 못 찾아
헤매는 상황은 노 땡큐라고!

릴리가 창살문 앞에서 나를 기다린다. 마르탱 선생님 차가
평소와 다름없이 교사용 주차장 전나무 아래 서 있다. 구름
이 많이 긴 날에도 마르탱 선생님 차는 하나뿐인 나무그늘을
차지하고 있다.

역사 시간. 릴리는 잠시도 나를 가만히 내버려두지 않는
다. 옆으로 삐딱하게 몸을 기울이고 다 안다는 듯이 윙크를
보내고 난리도 아니다. 쟤가 나에게 뭔가를 보여 주고 싶은
모양이다. 아니, '누군가'를 보여 주고 싶은 거라고 해야겠
지. 괜히 머리카락 한 올을 배배 꼬질 않나, 등을 구부리질
않나. 난 수수께끼 놀음에 취미 없다. 내가 속삭였다.

"뭐야? 누구?"

릴리가 다리를 쭉 펴고 자기 턱을 긁는다. 좋아……. 그러
고는 결국 지우개를 맨 앞줄에 앉은 스머프에게 휙 던진다.

48

스머프가 뒤돌아본다. 난 어깨를 으쓱한다. 스머프는 이상한 표정으로 날 쳐다보더니 마침내 지우개를 내밀었다. 나는 왜 릴리 지우개를 나에게 주는지 모르겠다는 표정을 지었다.

스머프는 유치원생을 상대하듯 한숨을 푹 쉬더니 조심스럽게 손목시계를 보았다. 우리 반에서 손목시계를 차고 다니는 학생은 스머프뿐이다. 스머프는 꿈을 꾸는 표정으로 턱을 만지작거리며 눈썹을 치켜뜬다. 녀석에게 지우개가 날아갔다고는 하지만 그게 뭐 트집 잡을 일인가 생각하고 있는데, 갑자기 우리 둘에게 친숙한 실루엣이 옆에서 나타났다. 그 실루엣의 주인공은 잠시 가만히 서 있었다. 스머프가 고개를 들고 경박한 목소리로 묻는다.

"향기 나는 지우개 던지기에 대한 학설은 없어?"

처음에는 녀석이 던진 질문에 대해서 곰곰이 생각했다. 잠시 후, 그 녀석이 정신을 어디다 빼먹었는지 마르탱 선생님에게 반말을 했다는 사실을 깨닫고 어이가 없었다! 스머프도 자기 실수를 알아차린 듯 보였다. 그 애는 얼굴이 빨개져서는 이렇게 말했다.

"젠장…… 난 안 될 거야."

마르탱 선생님은 아무 말없이 아무것도 눈치채지 못한 척했다. 선생님은 다시 칠판으로 가서 밑도 끝도 없이 물었다.

"지우개가 언제 발명됐는지 아는 사람?"

스머프는 교탁 쪽으로 몸을 돌렸다. 그 애가 말뚝처럼 꼿꼿하고 바른 자세로 앉은 모습은 새 학년이 시작되고 나서 처음 봤다. 나도 다시 숨을 돌렸다. 이건 하나의 징조다. 그 일은 오늘 일어날 것이다. 혹은, 최소한 진전이라도 있을 것이다. 그래, 1교시부터 마르탱 선생님이 내 쪽으로 왔고, 나를 눈여겨보았고, 허물없이 미소를 지었으며, 여성을 유혹하는 남성 특유의 자신만만한 걸음걸이로 칠판 앞으로 걸어가지 않았는가.

종이 쳤다. 나는 서두르지 않는다. 모두 교실을 나간다. 오른쪽 눈으로 쿨쿨 조는 스머프를 가리키면서 왼쪽 눈으로는 나에게 윙크를 보내려고 용쓰던 릴리도 나갔다. 스머프 녀석은 태평하니 교탁 앞으로 걸어간다.

마르탱 선생님이 기지개를 편다. 이제 곧 그의 척추에서 뚝뚝 꺾이는 소리를 들을 수 있을 만큼 가까이 다가갈 테다. 그런데 스머프가 선생님에게 뭐라고 속닥거린다. 재미있는 얘기는 아닌 것 같다. 아니, 뭘까. 당사자인 스머프는 재미있어 하는 눈치가 아닌데 마르탱 선생님은 껄껄껄 웃음을 터뜨리며 녀석의 어깨를 토닥토닥한다. 나는 심장이 뛰다 못해 티셔츠의 가슴 부분이 들썩들썩할 것 같지만 앞으로 나아간다. 고개를 돌린다. 내 속셈은 아직 드러내지 않았다. 스머프는 꿈쩍도 안 하고 나를 바라본다. 속에서 부아가 치민다. 꺼져!!! 너 때문에 다 망치겠어!!!

하지만 소용없다. 스머프 녀석은 험상궂은 표정으로 나를 빤히 보고 있다. 마르탱 선생님이 내 쪽으로 고개를 숙인다. 트레이너 사이로 삐져나온 가슴 털 몇 가닥이 보인다.

"왜 그러지?"

스머프는 아직도 버티고 있다. 나는 신음하듯 말한다.

"그게요…….."

나는 계속 눈치를 준다. 스머프에게 나가는 문 쪽을 가리키기까지 했지만 녀석은 멍하니 서 있을 뿐이다. 마치, 문득 떠오른 생각 때문에 교단에서 그대로 굳어 버린 것 같았다. 나는 다시 입을 열었다.

"마지막에 배운 부분을 잘 모르겠어요. 방과 후에 시간이 있으시면 선생님께서……."

마르탱 선생님이 물을 한 모금 마셨다. 사랑을 나눈 후에도 분명히 목이 마를 거다. 남자들은 원래 그 일을 치르고 나면 갈증을 느낀다.

"미안하구나. 오늘 저녁에는 온 시대를 통틀어 가장 위대한 밴드에게 박수를 보내러 가야 해. '셰이킹 스톤즈 The Shaking

Stones' 라고, '롤링 스톤즈 The Rolling Stones' 의 프랑스 버전이 있거든."

선생님이 웃는다. 그가 나를 보고 웃는다. 마치 나에게 같이 가자고 말하고 싶지만 차마 그럴 수 없다는 듯이, 그런 말은 할 수 없다는 듯이. 조금 있다가 그는 자연스럽게 이 말을 덧붙인다.

"너도 가 볼래?"

세상에. 그 말이 나왔다. 이제 됐다. 기대 이상이다. 공연장의 분위기, 마음껏 들이켜는 맥주, 어둑한 무대 뒤편. 모든 것이 그 후에 다가올 밤을 연상시킨다. 나는 대답 대신 고개를 끄덕이고 감정에 벅차 그 자리를 떴다.

오줌이 마렵다.

이틀째 기분이 바닥이다. 20제곱미터 남짓한 연습실에서 노래하는 거야 식은 죽 먹기다. 하지만 모르는 사람들 앞에서 즉흥곡을 부르다니…… 지금 나는 한 시간에 한 번씩 화장실로 뛰어가고 있다.

그 생각만 하면 땀이 나고, 땀이 났다 하면 그 생각이 난다. 진땀이 나서 주체할 수가 없다. 수업 시간에도 조의 기타 소리가 들린다. 오늘 저녁, 내 목구멍에서는 아무 소리도 나오지 않고 조는 계속 나에게 턱짓을 하고 나트는 드럼 스틱을 허공에 쳐들고 있을 광경이 상상된다. 난 보컬이 아니라 베이시스트란 말이다. 나트와 리듬을 맞추고(나 홀로 폭주하지 않는다면), 음악을 받쳐 주며, 내 앰프 옆에서 떠나지 않는 역할이다. 그런 일은 실수 없이 해낼 수 있다. 나한테는 뒤로 빠져 있는 역할이 어울린다.

어제 프랑수아에게 이 얘기를 했다. 엄마는 싫은 표정을 지었다. 엄마는 "네가 왜 내 남자 친구를 독차지하냐?"라고 했다. 우리는 프랑수아와 함께 배를 잡고 웃었고 왠지 공범이 된 기분이 들었다. 프랑수아는 자기가 처음 역사 수업했을 때 얘기를 해 주면서 막상 실전에 나서면 생각보다 잘하게 되는 법이라고, 자기도 경연 대회에 와서 응원하겠다고 했다.

우리 둘은 내 방에 있었다. 프랑수아는 앰프에 걸터앉았고 나는 침대에 앉아 있었다. 바로 그 순간, 나한테는 아빠가 있던 적이 한 번도 없었지, 라는 생각이 들었다. 사실 난 아빠가 없다는 생각조차 안 하고 살았다. 그런 생각도 아빠가 다른 여자에게 빠져서 떠났거나 어느 날 갑자기 교통사고로 돌아가셨을 때에나 할 수 있는 거다. 어쨌든 그런 아이들은 아빠가 있을 때와 없을 때를 비교라도 할 수 있으니까.

하지만 난 아빠가 있으면 뭐가 달라지는지 아예 모른다. 내가 늘 상상해 오던 아빠는 서툴기 짝이 없는 남자, 자식 앞에서는 잔소리를 늘어놓고 성적표나 확인하면서 부인 비위를 맞추기에 급급한 남자다. 그런 남자들은 무슨 수를 써서라도 자기 능력을 증명하려 들고 그런 류의 책이란 책은 다 읽어 본 사람들이다.

하지만 프랑수아와 함께 있던 그때, 불현듯 내게는 한 번도 아빠라는 존재가 없었다는 생각이 들면서 굉장히 묘한 기분에 빠졌다. 나는 프랑수아가 다리를 약간 벌린 채 손가락으로 앰프 버튼을 요렇게 조렇게 만지작대는 모습을 가만히 지켜보았다. 마침내 그런 생각이 들었다. 어쩌면 나는 몹시 중요한 것, 혹은 중요한 사람에게서 빗겨 난 채 성장했는지도 모르겠다고.

공연 때문인지는 모르겠지만 잠시도 마음을 놓을 수가 없다. 꼭 무대 공포증만은 아니다. 사는 게 다 무섭다. 별의별 것에 다 소스라친다. 버스의 급정거, 나를 부르는 엄마 목소리, 나한테 날아오는 지우개까지도. 그때마다 진땀이 나고 심장이 쿵 내려앉는다. 그놈의 즉흥곡을 못한다고 했어야 했는데, 그것 때문에 과민 불안증 환자가 된 것 같다.

내가 안다고 생각했던 것이 내가 노래하는 동안 모두 사라져 버렸다. 머릿속은 엉망진창 개판, 이제 내 이름이 뭔지도 모르겠다. 오밤중에 잠에서 깨면 여기가 어딘가 싶다. 노래를 부르기 시작한 후로 되는 일이 하나도 없다. 다 잡쳤다.

그래도 내 심장이 있다는 것만은 틀림없이 안다. 한시도 빠짐없이 지겹도록 쿵쿵대는 심장을 어떻게 잊을 수 있겠는가.

최악은 지우개 사건이었다고 생각한다.

내가 어디에 있는지, 내 등에 떨어진 물건의 이름이 무엇인지 기억해 내기까지 최소한 2분은 걸렸지 싶다. 땀이 나고 긴장됐다. 내가 완전히 맛이 갔구나 생각했다. 그다음에는 왜, 어떻게 그 지우개가 나에게 떨어졌는지 알아야 했다. 지우개는 뒷줄에 앉은 모범생이 던진 것 같았다. 모범생이 자기 친구인 만년 꼴찌 거울 공주를 쳐다봤다.

거울 공주는 면도기를 잃어버려서 어쩔 줄 몰라 하는 남자처럼 자기 턱을 자꾸 긁어 댔다. 그리고 나는 비지땀을 흘리고 있었다. 이유 없이 진땀이 나면서 오늘 저녁 공연 생각이 떠올랐다. 희생 제물이 될 때까지 몇 시간이나 남았을까 궁금해서 시계를 보지 않을 수 없었다. 머릿속으로 즉흥곡을 연습해 보려고 했지만 소용없었다.

단 한 마디, 단 하나의 멜로디도 떠오르지 않고 머릿속이 새까매졌다. 모범생은 숨을 죽인 채 동공이 팽창된 눈으로 "네가 모르는 걸 난 다 알지롱." 하는 것처럼 나를 바라봤다. 거울 공주는 계속 상상 속의 수염을 긁적거렸다.

프랑수아가 내가 당황해하는 걸 알았는지 가까이 왔다. 왠

지는 모르지만 그때 다시 한 번 알지도 못하는 아빠를 생각
했다. 나는 벌떡 일어나서 친아들처럼 살갑게 프랑수아의 손
을 잡고 싶었다. 그랬더라면 그도 내 어깨를 두드려 주고 아
무 말없이 서로의 얼굴을 바라보았을 것이다.

　나는 프랑수아에게 지우개 얘기를 했다. 하지만 '지우개'
라고 말하는 순간에도 나는 '음악'을 생각했고, 그가 내 앰
프에 걸터앉아 있던 모습을 떠올렸다. 나도 모르게 반말을
했던 것 같지만, 그건 아무렇지도 않았고 당황하는 척할 마
음도 없었다. 내 방에서 나누었던 이야기, 하지만 난 준비가
안 됐다는 이야기, 뭐 그런 쪽으로 알아들을 수 있게 조그만
목소리로 말을 건넸다. 누가 날 응원해 주었으면 싶었고, 열
병에라도 걸린 사람처럼 땀이 그치지 않았다. 프랑수아는 어
깨를 토닥여 주지도 않고 그냥 칠판 앞으로 돌아갔지만 온화
하고 안정감을 주는 어조로 말했다. 오직 나 하나를 위해 말
하는 것 같은 기분이 들었다.

　수업이 끝나고 교실에 좀 남아 있었다. 쓸데없는 얘기나
주고받았지만 교실에서 한 발짝도 나가기가 싫었다. 그냥 교
단에서 퍼질러 잘 수도 있었을 것이다. 옆으로 누워서 자궁
속의 태아처럼 몸을 동그랗게 말고 자다가 내일 아침에 일어
날 수도 있었을 것이다.

하지만 모범생이 알짱대는 바람에 나는 계속 말할 수가 없었다. 머리가 돌지 않고서야 어떻게 그 애는 선생님에게 보충 강의까지 해 달라고 할 수가 있나! 프랑수아는 그러거나 말거나 내게 자기가 응원하고 있다는 걸 보여 주고 싶었는지 그 애에게 밴드 얘기를 했다. 심지어 우리 밴드 이름까지 영어로 언급하는 바람에 난 울고 싶어졌다.

난 절대 즉흥곡을 부르지 못할 거다.

그 쪽팔림은 평생을 따라오겠지.

하지만 쪽팔려도 상관없잖아.

어, 가만…… 쪽팔림이라…… 즉흥곡의 주제로 괜찮겠는데?

아침에 입었던 레이스 복서 팬티를 벗고 분홍색 팬티로 갈아입는다. 앞에 등을 동그랗게 구부린 고양이 그림이 있는 팬티다. 난 이렇게 다소 대담하면서도 재미있는 구석이 있는 팬티를 좋아한다. 몸을 동그랗게 말고 있는 고양이가 이 상황에 상징적으로 들어맞는다는 생각이 들었다. 이를테면 "조심해 줘요. 나 겁난다고요."라고 말하는 것 같잖아.

사실은 몸이 움츠러들지 않는다. 오히려 내 쪽이 급하다. 어떤 일이 벌어질까? 침대에서? 차 안에서? 그의 작은 아파트에서? 그의 집에서 일이 벌어진다고 상상한다. 소박한 스튜디오 타입의 집, 주방은 청결하지만 책상 쪽은 어질러져 있다. 벽에는 역사적 인물의 옛날 초상화, 여행 사진 액자 따위가 걸려 있고, 냉장고에는 포스트잇이 붙어 있다.

젊은 남자 혼자 사는 집 특유의 인테리어. 아이가 없으니 벽지에 당근 이유식 따위가 묻은 흔적도 없을 거다. 전에 수업 시간에 인구에 대한 얘기를 하면서 자기 입으로 아이가 없다고 말했을 뿐 아니라 앞으로도 아이는 낳지 않을 거라는 뉘앙스를 풍겼었다. 뭐라더라, "인류가 미래를 의식한다면 감히 아이를 낳을 생각은 못할 거다."라고 했었나. 나는 그 말에 강렬한 인상을 받았다.

마르탱 선생님이 하는 말은 모두 나의 조그만 뇌에 영향을 미친다. 어쩌면 나 혼자 그렇게 생각하는지 모르지만, 난 마르탱 선생님이 씨를 뿌리는 사람이라고 자신 있게 말할 수 있다. 씨…… 콘돔 케이스를 열어 봤다. 열두 개. 이 정도면 충분할 것 같다.

화장을 할 시간이다. 시트에 묻어나면 안 되니까(침대에서 일을 치른다고 가정하면), 파운데이션은 생략한다. 눈물을 흘릴 일이 있을지 모르니까 워터프루프 아이라이너를 쓰자. 어떤 여자들은 오르가슴을 느끼면 울음이 터지나 보다. 반면에 어떤 여자들은 잠이 들고, 또 어떤 여자들은 결코 오르가슴을 충분히 느끼지 못한다. 나는 어느 부류에 속하는지 모르겠다. 하지만 이제 곧 알게 되겠지.

엄마가 주방에서 소리를 지른다. 날카로운 목소리가 계단을 타고 내 방까지 들린다.

"오늘 저녁에 나가니?"

나는 대답하지 않는다. 엄마는 다 알면서 저런다. 한 시간 전에 오늘 저녁에 나갈 거라고 분명히 말을 했는데도 시치미를 뚝 떼고 똑같은 걸 물어본다. 할 말이 없으니까 괜히 같은 말만 되풀이하는 거다. 분명히 말하지만 난 마흔에야 첫 애를 낳는 여자는 되지 않을 거다. 결혼상담소에서 만난 낯선 남자랑 애를 낳는 일 따위는 더더욱 사절이다. 엄마 아빠에게 물어봤었다.

"왜 나를 이렇게 늦게 낳았어요?"

부모님은 얼굴을 붉히며 중얼거렸다.

"둘 다 주변머리가 없어서 그렇지, 뭐. 결혼 상대를 찾는 데에만 20년이 걸렸으니까."

찾긴 뭘 찾아요! 결혼상담소에 돈을 주고 소개받은 거잖아요! 지금 엄마 아빠는 날 우롱하고 있다고요. 아니, 오히려 내가 엄마 아빠를 우롱하고 있는지도 모르죠.

난 참 못됐다. 까놓고 말하는데 진짜 못돼먹었다. '못됐다.'는 말보다는 '색기가 있다.'는 말이 더 좋지만 어쨌든 지금 당장은 못된 년으로 만족하련다. 부끄럽지만 나도 나를 어쩌지 못하겠다. 엄마는 발 냄새가 지독하고 아빠는 땀 냄새가 지독하다. 트림을 하고 방귀를 아무렇지도 않게 뀌고는 유치원생들처럼 재미있다고 깔깔 웃는다. 엄마 아빠는 항문기 고착이다. 쉬야, 응가 소리만 나오면 좋아 죽는다!

나는 앞머리를 짧게 자르고 길게 기른 뒷머리는 곱슬곱슬하게 부풀렸다. 헤어스타일을 이렇게 하니까 여성 록커 같다. 컬러 스타킹을 신고, 무릎 위에서 넓게 퍼지는 미니스커트를 입고, 닥터 마틴 부츠를 신는다. 나는 어린애 같으면서도 성숙한 인상의 여자처럼 꾸미길 좋아한다. 줄무늬 셔츠를 입고 검정색 레이스 숄을 걸친다. 멋을 부려 봤다. 나는 독특한 스타일이 있다는 말을 자주 듣는다. 심리학자들이라면 내가 전형적인 1960년대 서민 같은 차림새의 부모와 자신을 차별화하려고 그러는 거라고 분석하겠지.

난 그런 건 모르지만 확실히 나만의 스타일이 있기는 하다. 앞머리를 아주 짧게 자르고 뒷머리를 기르든가, 뒷머리를 목덜미가 다 보이게 짧게 치고 앞머리는 눈을 다 가릴 정도로 길게 기르는 게 내 스타일이다. 난 확실한 대조가 좋다. 사랑에 있어서도 대조를 좋아할 거라고 확신한다. 몸짓은 격렬하지만 한없이 부드럽고, 남자답게 확 휘어잡으면서도 너무나 섬세하게…… 그런 상상을 하는 게 못 견디게 좋다.

하지만 나도 안다.

현실은 상상과 다를 것이다.

 치와와에서 사운드 체크 중이다. '자살 특공대', '비틀 블루스', '아스팔트의 망가진 놈들', '허무한 시체들'. 물론 우리 '흔들리는 돌'도 빼놓을 수 없다. 이렇게 다섯 밴드가 경연 무대에 올라오게 됐다. 우승한 밴드는 프로 편곡자의 조언을 받아 사운드 엔지니어가 봐 주는 진짜 녹음실에서 여섯 곡을 녹음하게 된다.

 또한 치와와 프로덕션 소속으로 국내에서는 물론, 외국에서도 인기를 끌고 있는 개성 있는 트라이벌 록 밴드 '로 조' 공연의 오프닝 밴드로 무대에 서게 될 것이다. 로 조는 시적이면서도 혈기 넘치는 멋진 밴드다. 로 조의 리더 드니 페앙도 심사 위원 중 한 명이다. 드니 페앙이 노래를 부르면 관객이 방방 뛰고 난리가 난다. 인도 악기인지 모로코 악기인지 모르지만 괴상한 악기도 잘 다루고, 가슴을 후벼 파듯 절절한 데저트 블루스 desert blues를 부른다. 그는 나이가 많지만 (최소한 쉰 살은 됐다) 전혀 그래 보이지 않는다. 감성에는 나이가 없다. 음악에도 나이는 없다.

이곳에는 여성 보컬을 위해 사방이 거울로 둘러싸인 분장실도 마련되어 있다. 뮤지션이 쉴 수 있게 가죽 의자와 차를 마실 수 있는 탁자도 놓여 있다. 우리 기타 케이스와 보조 탁자에 놓인 콜라병이 간접 조명을 받아 빛난다.

기타리스트들은 서로 흘끔흘끔 곁눈질을 하고, 음을 맞춰 보면서 인상을 쓴다. 전자 조율기를 뒷주머니에 감춰 놓고 순전히 귀썰미로 음을 맞추는 척하는 녀석들이 있는가 하면, 가난한 밴드에게 너희랑 우리는 사운드가 다르다고 과시하듯 최신 이펙터 페달을 꺼내는 놈들도 있다.

조는 아예 가방을 열지도 않았다. 록 음악을 하던 할아버지가 남겨준 1970년대 고물 와와 이펙터가 부끄러운가 보다. 조는 아직 한 모금도 마시지 않은 콜라 잔 앞에 앉아서 정신 집중을 하는 척한다. 나트는 드럼 스틱을 손에서 놓지 않고 조그만 동작으로 허벅지를 두드리며 '엄마아빠엄마아빠'를 연습한다. 딱히 엄마 아빠를 부르고 싶어서가 아니라 그렇게 하면 집중이 잘된단다. 한 음절에 한 번씩 스틱을 내리치며 박자를 점점 더 빠르게 한다. 입으로 소리를 내면서 타법을 연습하는 거다.

조와 나를 빼면 아무도 나트가 '엄마아빠엄마아빠'라고 중얼거리는 줄 모른다. 우린 뭐, 상관 안 한다. 훗날 나트가 훌륭한 드러머가 될 것을 아니까. 다른 연주자의 소리를 들을 줄 알고 묵묵히 제 몫을 다하는 드러머 말이다.

나는 왔다 갔다 하면서 즉흥곡의 노랫말을 연습해 보지만 도무지 글러먹었다. 한 마디도 생각이 안 나고 머릿속은 안개가 자욱하게 긴 듯 희뿌옇다. 애들이 안주머니에서 작은 캔을 꺼낸다. 복도에 뭐라고 표현하기 힘든 냄새가 퍼진다. 우리 셋만 얼간이 같다. 밴드 이름을 '소심쟁이'로 바꿔야 하나. 지금 이름도 돌들이 벌벌 떠는 모습을 연상시키니까, 우리에게 잘 어울리긴 한다. 조는 긴장한 태를 내지 않으려고 손을 펴서 안락의자 팔걸이를 잡고 있다.

다른 녀석들은 우리 앞을 지나가면서 소리 없이 쿡쿡 웃거나, 연주할 곡 목록을 확인하면서 자기들끼리 얘기를 나눈다. 우리 밴드가 연주할 곡 목록은 아직도 바뀔 여지가 있다. 조가 관객 분위기를 봐서 결정하자고 했다. 어쨌거나 우리는 레퍼토리가 많지도 않다.

우리 밴드가 제일 어린 것 같다. 다른 밴드들은 꼴불견 어른 같은 데가 있다. 어떤 사람은 오늘 무대를 위해서 턱수염까지 이상하게 길렀다. '자살 특공대'의 보컬은 머리통에 새긴 문신이 잘 보이게 아예 머리를 박박 밀었다. '비틈 블루스'의 베이시스트는 이마 바로 윗머리만 이발기로 구불구불하게 밀어서 물결무늬를 그렸다.

나트는 고개를 숙여 레게 머리로 얼굴을 숨겼다. 조는 보름째 머리를 안 감았다는 것을 깨달았다. 나도 어중간하게 긴 머리가 창피했다. 아마 미용실에 죽어라 가기 싫어하는 열네 살짜리처럼 보일 것이다. 그것도 여자애 같은 곱슬머리에 몸에는 털도 거의 없다. 구레나룻도 지금 이 자리에는 어울리지 않는다. 나는 어느 트럼펫 연주자의 무대를 보고 늘 구레나룻을 선망해 왔다. 그 연주자의 짧은 바지, 산발한 머리, 볼에 바람을 넣어 부풀릴 때마다 흔들리던 덥수룩한 구레나룻은 흡사 동유럽 무용수를 보는 듯했다.

관계자들의 얼굴이 보였다. 모두 가장 큰 분장실(우리가 쓰는)에 모였다. 관계자들이 간략하게 자기소개를 했다. 그들도 심사를 맡는다. 그들은 행운을 빈다는 의미에서 "젠장."이라고 내뱉고는 우리를 눈으로 뜯어본다. 뮤지션들이 질문을 했다.

사운드 체크 순서는 어떻게 됩니까? 우리 쪽 사운드 엔지
니어가 믹싱 테이블을 좀 살펴봐도 괜찮을까요? 저희 조명
플랜대로 해 주실 거죠? 모니터링 시스템은요? 모니터링은
되나요?

땀이 뚝뚝 떨어진다. 나트는 '엄마아빠' 연습을 그만뒀다.
조는 안락의자 팔걸이에 올려놓은 손을 꼼짝 못한 채 숨을
죽이고 있다. 조명 플랜? 모니터링 시스템? 문신 스킨헤드
가 자기는 'SM58'로는 절대 노래할 수 없어서 자기 전용인
'슈어'를 가져왔단다. 거기에 다른 사람 침이 튀면 안 되니
까 자기 차례가 끝나면 도로 가져가겠단다. 나는 'SM58'이
마이크라는 걸 겨우 알아챘다. 난 연습실 마이크밖에 써 본
적이 없는데, 그것엔 브랜드 표시조차 없다. 그냥 '온·오프'
표시밖에 없는 마이크다. 나는 벌떡 일어나서 말하고 싶었다.
"저기요, 전 '온·오프' 마이크가 있습니다. 이 마이크에는
침을 튀겨도 되겠지요?"

하지만 실제로 그런 말을 하진 않았다.

심사 위원이 모두 가 버렸다. 드니 페앙의 얼굴도 본 것 같
다. 땀이 난다. 목을 타고 굵은 땀방울이 흘러내린다. 땀에
젖은 곱슬머리가 뺨에 달라붙었다.

그래도 완전 운이 좋았다. 경연 대회 순서가 앞쪽이 아니었다. 연주를 맞춰 볼 시간을 좀 더 벌었다. 그러니까 우리 예정대로 멜팅 포트라는 바에 가서 워밍업을 할 수 있을 것이다. 조가 미리 광고해 뒀다고 했다. 조와 함께 자동차 정비 국가 기술 자격증 과정을 밟는 친구들이 전부 오겠다고 했단다. 조는 그 애들이 진짜 팬처럼 보이도록 박수 치고 휘파람 부는 연습까지 시켰다. 게다가 내가 지난번 연습실에서처럼 우울증을 불러일으키는 슬로 블루스 slow blues를 즉흥곡으로 부를지도 몰라서 라이터까지 챙겨오라고 했다. 우울증을 불러일으키는 슬로 블루스? 난 한바탕 퍼붓고 싶었지만 조의 눈을 똑바로 노려본 순간, 그런 마음도 잊었다. 지금의 조는 대형 마트에서 길을 잃은 꼬맹이처럼 안쓰럽기 짝이 없다. 조의 뒤에서 나트는 다시 '엄마아빠엄마아빠'를 점점 빨리 연습하고 있다. 저러다 허벅지에 시퍼렇게 멍이 들겠다.

우리는 한배를 탔다. 우리는 힘을 합칠 것이고, 빌어먹을 자존심은 잠시 접어 둘 것이다. 루저 행세를 할 생각은 없다.

저마다 기타 케이스를 열었다. '허무한 시체들' 밴드는 인원이 많았다. 그들이 관악기를 꺼내기 시작했다. 트럼펫, 색소폰, 튜바, 트롬본…… 하지만 그들은 구레나룻을 기르지 않았다. 그들은 레게의 원형인 스카 음악을 한다. 어떤 사람

이 나한테 한 '라인 ligne 마약의 1회 복용량을 뜻하는 은어 - 옮긴이' 하겠느
냐고 묻는다. 난 처음에 '베이스 라인'을 말하는 건가 생각
했다. 하지만 나에게 왜 베이스 라인을 권하지? 그거야 자기
가 하기 나름이잖아? 또 땀이 난다. 그 남자는 너털웃음을
터뜨리고는 가루약을 보여 준다.

"아이고, 이 친구야, 이거 하면 뿅 간다고!"

그가 내 어깨를 툭툭 친다. 심장이 터질 것 같다. 열여섯
살에 심장마비로 죽을 수도 있을까?

우리 밴드는 사운드 체크는 앞에서 두 번째, 무대에 서는
순서는 뒤에서 두 번째로 정해졌다.

'아스팔트의 망가진 놈들'이 연주를 시작하자 유리잔이 마
구 울린다. 사운드는 거칠지만 프로의 냄새가 난다. 난 화장
실로 뛰어간다. 내 몸이 다 녹아서 땀으로 나오나 보다. 이제
곧 나라는 사람은 남아나지 못할 것이다. 나에게 너무 큰 저
무대에는 온전한 한 사람이 아니라 사람 자투리로 서게 될
것이다.

아직은 자투리라고 할 수 없지만 말이다.

  나는 릴리에게 공연에 같이 가자고 했다. 그 전에 우리는 화장품 편집 매장인 세포라 앞에서 만나서 향수 샘플 테스트를 해 보기로 했다. 릴리는 향수 샘플에 남다른 열정을 쏟고 있다. 그 애 꿈은 '향수 샘플녀'가 되는 것이다. 그게 무슨 뜻이냐 하면, 향수 공장에 취직해서 향수 액을 미니어처 병에 넣는 일을 하고 싶다나.

  릴리는 어렸을 때부터 매년 크리스마스에 이모가 1년 동안 모은 향수 샘플을 선물로 받았고, 늘 향수 샘플 만드는 일을 하고 싶어 했다. 지금도 릴리의 방 한쪽 벽에는 다 쓴 향수 미니어처가 진열되어 있다. 조그만 선반에 공 모양, 관 모양,

눈물 모양, 진한 색, 투명색 할 것 없이 다양하고 예쁜 병으로 가득하다. '샘플녀' 릴리, 난 그 애가 순박하고 야심 없고 한결같이 착해서 좋다.

사람들은 내가 거만하다고, 남들을 다 자기 눈 밑으로 본다고 여긴다. 그게 다 짜증날 정도로 똑 부러지는 내 성격 때문이다. 남이 아니라 내가 만든 이미지지만, 난 이런 이미지가 싫다. 무뚝뚝하고, 냉정하고, 멀게 느껴지는 이미지. 릴리는 나름대로 나와 잘 맞는다. 나는 릴리의 다정한 성품을 열망하고, 릴리는 나를 판단하지 않으면서 선망의 눈으로 바라봐 준다.

내가 남자라도 릴리를 좋아할 것 같다. 나 같은 여자애는 정이 안 갈 것 같다. 난 나를 사랑하기 때문에 내가 싫은 걸까? 난 내 몸을 사랑한다. 그건 사실이다. 내 몸이 사랑스럽고 귀엽다고 생각한다. 하지만 나머지는 마음에 안 든다.

학교에서의 내 태도는 스스로에게 전혀 도움이 안 된다. 기대에 부응하며 살아가는 것은 조금도 자랑스럽지 않다. 상상력만 널을 뛰니 나도 괴롭다. 내가 생각하는 방식, 철두철미하게 분석하고야 마는 성미도 마음에 안 든다. 누가 날 쳐다보면 경직되고, 누가 날 귀찮게 하면 무시하듯 하늘만 쳐다보고, 싸움을 거는 사람에겐 반드시 상처가 될 만한 말을 귀신 같이 찾아내는 자신이 싫다. 나의 거짓 자신감이 싫다. 부모님을 싫어하는 내가 싫다. 난 애교가 없다. 강가에서 맥주를 차갑게 해 주는 아이스박스 뺨치게 차갑다.

바로 이러한 이유에서 사랑을 애타게 기다린다. 나도 다정하게 구는 법을 배우고 싶다. 자신을 한없이 놓아 버리고 싶다. 강한 남자에게 복종하고 그 사람 품에 안기고 싶다. 확고하고 애정 어린 손길을 느끼며 거만한 여자애 이미지는 영원히 던져 버리고 싶다.

릴리가 발을 동동 구르며 날 기다린다. 오늘 저녁 약속에 혼자 나가서 마르탱 선생님 옆에만 딱 붙어 있을 수도 있겠지만 수줍어서 그렇게는 못할 것 같다. 함께 어울리다가 릴리는 중간에 먼저 보낼 생각이다. 릴리도 이제 내 마음을 다 아니까 이해해 주겠지.

마르탱 선생님이 바 이름을 가르쳐 줬다. 우리가 먼저 약속 장소에 도착해선 안 된다. 사람들이 많이 와서 어느 정도 분위기가 무르익었을 때 도착하면 나도 덜 떨릴 것 같다. 그러니까 약속 장소로 가기 전에 샘플 테스트나 하자.

"그런데 너는? 넌 좋아하는 사람 없어?"

릴리가 내 물음에 고개를 돌린다. 릴리는 얼굴을 붉히며 눈을 내리깐다. 그러고는 애매하게 손사래를 치며 꽃 모양

향수병에 집중한다.

"없어."

"없다고? 진짜?"

"나도 몰라. 음, 진짜로는 없어. 그러니까 네 마음 같지는 않다는 뜻이야."

이번에는 내 얼굴이 빨개진다.

"왜? 내가 어떤데? 나랑 너랑 차이가 뭔데?"

"넌 잘 풀릴 거야. 너는 사람들이 널 좋아하는데 네가 눈길도 안 주는 거잖아. 나는 그렇지 않지만."

릴리는 자기를 알아보는 여자 점원에게로 돌아서서는 신상품을 보여 달라고 부탁한다.

나는 더 이상 그 얘기는 하지 않는다.

드니 페앙은 콘솔 옆 의자에 앉았다. 나트는 치와 프로덕션 무대의 드럼에 자리를 잡고 앉는다. 나트가 마이크 테스트를 하려는데 스태프 한 사람이 막 뛰어온다.

"만지지 마!"

무대는 어마어마하게 크다. 층을 이루고 있는 검은 바닥에 케이블이 사방으로 늘어져 있다. 검정색 벨벳 장막 옆에 있는 프로젝터 조명이 내 눈에 정면으로 빛을 쏜다. 나는 드럼 근처에 자리를 잡는다. 조가 기타 잭을 흔든다. 앰프가 맞은편에 있다. 자기 연주를 들을 수 있도록 마련된 모니터링 앰프다.

한없이 넓은 무대에 오르니 내가 너무 작게 느껴진다. 나트는 스네어 드럼 뒤에 숨었다. 녀석이 얼빠진 표정으로 심벌을 울려 본다. 우리 맞은편, 아직은 비어 있는 관객석 중앙에서 스태프 한 명이 무대의 케이블을 확인하라고 다른 스태프에게 신호를 보낸다. '아스팔트의 망가진 놈들' 밴드가 기타 브랜드 얘기를 하면서 발을 질질 끌며 퇴장한다.

조는 할아버지의 흠집투성이 펜더 기타를 어깨에 멘 채 무대 왼쪽에서 꿈쩍도 하지 않는다. 내가 조에게 무대 중앙을 가리켰다. 조는 고개를 젓더니 자기 턱을 가리킨다. 난 그 녀석 턱에서 아무것도 못 봤다. 그러자 조는 아예 대놓고 손가락으로 신호를 보낸다. '빨리 와, 이 자식아!' 라는 의미의 신경질적인 손짓이다. 나트에게 다가갔더니 그 녀석도 겁에 질린 눈으로 나를 쏘아보며 똑같은 손짓을 한다. 연습실 세 배 크기의 무대가 두렵다. 모니터링 앰프가 4미터나 떨어져 있고 조도 너무 멀리 있어서 녀석의 눈빛을 읽을 수가 없다. 난 깨달았다. 제기랄, 깨닫고 말았다. 녀석들은 겁먹었다. 그때, 들려온 사운드 엔지니어 목소리에 화들짝 놀랐다.

"리드 보컬이 너냐?"

조가 잽싸게 대답한다.

"네, 저 친구입니다."

리드 보컬, 리드 보컬…… 사운드 엔지니어가 위치를 정중
앙 앞으로 정해 준다. 나는 낯선 이를 만난 유령처럼 쭈뼛쭈
뼛 무대 위를 걸어간다. 조명이 너무 강렬해서 아무것도 보
이지 않는다. 베이스를 휘두르며 마이크를 톡톡 두드려 본
다. 음향 기술자가 짜증을 낸다.

"SM은 건드리지 마!"

나는 한 마디도 대꾸하지 않는다. 우리는 엔지니어가 사운
드를 조절할 수 있도록 각자 2, 3분씩 자기 파트를 연주한다.
처음에는 아무 소리도 안 들리다가 너무 크게 들렸고, 다시
아무 소리도 들리지 않았다. 사운드 엔지니어가 모니터링이
잘되고 있는지 묻는다. 조가 대답한다.

"네, 네!"

소리는 앰프에서 나는 건데 나트는 베이스 드럼 쪽으로 귀
를 기울였다. 나트도 고개를 끄덕끄덕한다. 나는 아무 말도
안 했다. 그냥 딴 데를 쳐다보고 있는 드니 페앙에게 온 신경
을 집중한다. 단 한 사람의 관객에게 집중한다. 사운드 엔지
니어는 우리에게 메인타이틀 곡이나 뭐 그런 걸 연주해 보라
고 요구한다. 우리는 딱히 메인타이틀 곡이 없기 때문에 그
냥 인트로를 연주한다. 사운드 엔지니어의 인상이 팍 구겨진
다. 리드 보컬의 목소리를 들어야 하는데 연주곡을 하면 어

쩌냐고 한다.

　난 아직 즉흥곡을 부를 준비가 안 됐다. 무대 뒤에서 '아스팔트의 망가진 놈들'과 다른 뮤지션들이 우리를 주시하고 있다. 난 준비가 안 됐다. 영감이 도무지 솟지 않을 경우를 대비해서 미리 생각해 놓은 방법도 없다. 조는 다시 기타를 잡고 나트도 보조를 맞춘다. 저 자식들도 감을 못 잡았다. 서로 영 맞지도 않는다. 어쨌든 나도 한 마디, 두 마디 내뱉어 본다. 아무 뜻도 없고 말도 안 되는 소리가 튀어나온다.

　예고도 없이 나를 리드 보컬로 세운 조가 원망스럽다. 멀찍이 처박혀 빌어먹을 레게 머리 속에 얼굴을 숨긴 나트도 원망스럽다. 나는 계속해서 입에서 나오는 대로 내뱉는다. 울림도 없고, 맞지도 않고, 허섭스레기도 이런 허섭스레기가 있을까.

　내가 죽도록 싫어하는 '사랑해, 내 사랑, 너 없이는 안 돼.' 타령이 내 입에서 나올 줄이야. 하지만 다른 말은 생각이 안 나는데 어쩌랴. 세련된 취향으로 이름 높은 치와와 뮤직홀에 내가 싸구려 음악으로 변화를 주는구나. 록 밴드 경연 대회에서 사랑 타령이라니. 우리는 곡을 중단하고(이걸 곡이라고 부를 수 있다면 말이지만) 무대 뒤로 내뺐다. 저만치 걸어가는데 '비틱 블루스'의 보컬이 마이크에 대고 지껄이는 소리가 들린다.

"아가야, 나 다음이 너라서 좀 그렇다, 잘 부탁한다?"

조가 뛰어간다. 우리 팬클럽이 멜팅 포트에서 기다리고 있다.

나는 오늘 저녁 일이 벌써부터 후회된다.

앞으로 일어날 모든 일이 후회된다.

릴리와 나는 시내 거리를 걷는다. 릴리의 가방에서 조그만 병들이 부딪히는 소리가 난다. 나는 생각을 안 하려고 애쓴다. 오늘 저녁에 있을 일을 잠깐만 상상해 봐도 가슴이 벌렁거린다. 마르탱 선생님이 어떤 옷차림으로 나타날까 상상한다. 내 생각에 학교에 늘 입고 오는 그 트레이너 차림일 것 같긴 하지만, 만약 다른 옷을 입고 온다면 정말 기쁠 것이다. 사석에서의 옷차림, 앙제르라는 소도시에 사는 평범한 젊은 남자 프랑수아 마르탱의 옷차림으로 말이다.

마르탱 선생님에게도 핸드폰이 있을까? 취미는 뭘까? 숙제 검사를 마친 후에는 텔레비전을 볼까? 팬티는 삼각일까,

사각일까? 난 삼각팬티일 거라고 확신한다. 그런데 왜 삼각
팬티를 '캥거루 팬티'라고 부를까? 팬티가 깡충깡충 뛰어다
니나? 팬티 주머니 속에 들어 있는 귀여운 그…….

"꿈이라도 꾸니?"

릴리가 콧구멍을 벌름거리며 웃는다. 사람을 놀리는 미소
가 아니다. 릴리는 아무도 비웃지 않는다. 릴리는 나의 동요
를 알아차리지 못한 채 이렇게 말한다.

"들어 봐!"

어느 바에서 음악 소리가 흘러나온다. 네온사인 간판에
'멜팅 포트'라고 쓰여 있다. 그러니까 마르탱 선생님이 멀리
있지 않다. 어쩌면 조금 전부터 우리 뒤를 따라왔을지도 모
른다. 뒤를 돌아본다. 아무도 없다. 오후 6시이고 뮤지션들이
이 바에서 연주를 한다. 오직 나 하나를 위해서, 아니 이제
곧 비밀스러운 연인 사이로 거듭날 우리 둘을 위해서.

나와 릴리는 불나방처럼 불빛에 끌려 그곳으로 들어간다.
릴리는 흥분해서 몸을 떨고 있다. 나는 태연하게 유리문을
밀고 들어간다. 내 입술만 보일 듯 말 듯 살짝 떨린다. 나 혼
자밖에 모르는 동요의 표시다.

기타 소리가 두꺼운 천인 멜턴으로 안을 댄 공간을 가득

메운다. 몇몇 구경꾼들이 바에 팔꿈치를 괴고 진지한 얼굴로 밴드 음악을 감상하고 있다. 담배도 팔고 가벼운 주류도 파는 바에 시험장 같은 분위기가 감돈다. 왠지 영화 같은 분위기도 있다. 왜곡된 사운드가 나에게 다가온다. 이 음악이 내 인생의 사운드 트랙, 이제 막 여자로서 시작되는 삶의 배경 음악이다. 무엇 하나 중요하지 않은 것이 없다. 차가운 맥주 향도, 희끄무레한 불빛도, 바맨의 목소리도, 큰 맥주잔을 챙하고 부딪치는 소리도, 릴리가 열에 들떠서 하는 말도.

"공연을 보는 건 처음이야! 내 말은, 이렇게 라이브를 보는 건 처음이라고."

나는 전부 다 기억하고 싶다. 유년기의 마지막 날이 벌써 씁쓸하고 역하게 느껴지는구나. 내 시선이 이리저리 헤매다 어느 한 사람의 등에 딱 멎었다. 천 명이 앉아 있어도 알아볼 수 있는 균형 잡힌 등짝. 마르탱 선생님이 바에 팔을 괴고 한 손에 술잔을 든 채 음악에 푹 빠져 있다. 후드 티를 걸치고 어깨를 들썩이던 선생님이 우리 쪽을 돌아본다. 선생님 얼굴에 환한 미소가 번진다. 학생을 보고 반가운 척하는 교사의 미소는 절대 아니다. 선생님이 우리보고 가까이 오라고 손짓을 한다. 릴리는 긴장해서 뻣뻣해졌다.

그다음은? 그다음은 말할 수 없다. 이후의 일은 감각, 좀

체 가시지 않는 냄새, 부드러운 색채, 나를 알아보는 목소리, 왁자하니 터지는 웃음소리, 차분한 남자와 불량배 같은 후드 티, 음악이 너무 좋다는 핑계로 슬쩍 저쪽으로 자리를 비켜 주는 릴리, 어떤 남자가 슬며시 웃으며 다가와 마르탱 선생 님 친구라면서 자기소개를 하고, 바맨은 다 안다는 듯한 눈 빛으로 나를 쳐다보고, 저 멀리 기타 소리가 점점 날카로워 지고, 드럼은 내 심장의 고동 소리에 보조를 맞추고, 난 계속 오줌이 마렵고, 누군가가 나에게 의자를 권한다. 스치는 무 릎, 새까맣고 빛나는 눈.

이후의 일은 꿈에서만 이야기할 수 있다. 그 후에 일어날 일은 매일 밤, 배에 이불자락이 스칠 때마다 생각날 것이다. 마치 인생이 뒤집힌 것처럼, 어린 소녀의 과거는 사라져 버 린 것처럼. 이제 난 부모도 없고, 부끄러운 것도 없다. 유쾌 하다. 지금 이 순간, 나는 나 자신이 되었다. 주황색 조명 아 래 자신이 무척 아름답게 느껴진다. 마르탱 선생님은 나에게 서 눈을 떼지 않는다. 하지만 가끔 내 어깨 너머로 뮤지션들 을 슬쩍슬쩍 살펴보는 것 같다.

음악이 멈췄다. 뮤지션들은 악기를 챙기고 있지만 무대의 열기는 좀체 가시지 않는다. 릴리가 잔뜩 들떠서 내게 다가 오는데 마르탱 선생님이 우리를 보고 말한다.

"'흔들리는 돌'이 곧 치와 뮤직홀에서 연주할 거야. 너희도 같이 갈래?"

'너희도 같이 갈래?' 선생님은 '너희도'라고 했다. 이 말은 선생님은 거기에 갈 거라는 뜻 아닌가. 선생님이 자기 평균 점수를 알고 있다는 생각 때문에 계속 경직돼 있던 릴리가 눈을 동그랗게 뜨고 나를 쳐다본다. 나는 마음이 누그러진다. 겁이 난다. 미소를 짓는다.

"물론 저희도 가야죠."

나는 가방을 챙기고 릴리는 지금 막 타일 바닥에 실례를 하고 만 강아지처럼 쪼르르 나를 따라온다. 바에서 막 나서는 순간, 릴리가 속삭인다.

"넌 생각을 밀어붙일 줄 아는구나!"

그러고 나서 이 말을 덧붙인다.

"라이브 음악, 완전 멋지다."

릴리는 집에 전화를 걸어 우리 집에서 자고 가겠다고 했다. 우리 둘의 구두굽이 보도의 포석을 요란하게 울린다. 4월의 세찬 바람이 얼굴을 정통으로 때린다.

이 봄날 저녁, 나는 행복하다. 이제 막 피어나려는 꽃봉오리처럼 행복하다.

우리는 서로 말도 걸지 않고 '멜팅 포트'까지 달려갔다. 남은 한 시간 동안 우리의 팬 후보를 사로잡고 손도 풀어야 한다. 포기하느냐 마느냐도 한 시간 안에 결정해야 한다는 뜻이다. 우리는 모두 똑같은 생각을 하고 있었다. 우리 모두 후회막급이었다. 하지만 아무도, 직설적인 잔소리 대장 조마저도 대놓고 그런 말은 하지 않았다.

우리 때문에 다른 사람들까지 블루스에 찌들어 자연스럽게 우울해져 버렸다. 우리도 거기서 기분이 다운되다 못해 양말 속까지 기어들어갔다. 그래도 우리가 그 양말을 벗어던질 수는 없었다. 발에도 땀이 너무 많이 나서 발 냄새가 진동

할 텐데 어떻게 양말을 벗겠는가.

바맨은 우리를 기다리며 잔을 닦고 있었다. 그는 바맨답게 우리에게 맥주를 권했지만 우리는 각자 자신의 악기를 세팅했다. 앰프는 미리 설치되어 있었다. 나는 내 마셜 앰프를 만지작거리며, 그 앰프가 행운을 가져다주기를 빌었다. 조가 부른 세 친구는 우리 연주를 듣다가 잠들어 버릴까 봐 그랬는지 이미 에너지 드링크를 잔뜩 마셔 두었다.

나트가 톰톰 드럼 tom-tom drum 원통형의 울림통으로 드럼 세트 구성 악기 중 하나 - 옮긴이 뒤에 자리를 잡고 앉아 "원, 투, 스리, 포."를 외치고 우리는 간신히 연주를 시작했다. 연주를 틀리지 않고 제대로 할 수 있을까, 하는 생각조차 못하고 무턱대고 시작부터 했다. 우리는 연습실에서 하던 대로 했다. 조가 마이크를 붙잡고 느끼한 영어 발음으로 노래를 했다. 나는 안도의 한숨을 쉬었다. 고마워서 울고 싶은 심정이었다. 조가 내 절망감을 이해했으니, 다시 리드 보컬이 되어 나를 구해 줄 것이다. 나트의 드럼도 안정되었다. 우리는 고개를 처박고 아무 생각 없이 연주했다.

특히 '비튐 블루스' 보컬은 생각하고 싶지 않았다. 우리는 우리 레퍼토리를 중간에 쉬지 않고 처음부터 끝까지 다 해 봤다. 다만 중간에 딱 한 번, 조가 다음 곡으로 넘어갈 때 나에게 다가와 이 말을 했을 뿐이다.

"경연이 시작됐겠다."

프랑수아가 연주 도중에 들어왔다. 그는 자기 집에서 나를 맞이하기라도 하듯 살갑게 손짓을 했다. 내가 운동화를 거실 탁자에 올려놓는다고 해도 허락한다는 듯한 태도였다. 그의 손짓과 미소는 이렇게 말하고 있었다. '어이, 너 쫄았구나. 내가 왔다.' 나는 다시 한 번 울고 싶어졌고, 그래서 부끄러웠다. 조금만 더 이렇게 살다간 계집애가 될지도 몰라.

잠시 후, 프랑수아 친구가 와서 우리를 보고 엄지손가락을 치켜들었다. 바에는 기껏해야 열 명쯤 있었다. 그들은 모두 우리 친구의 친구, 뭐 그런 사이였다. 순전히 우리 사운드만을 듣고 평가해서 박수를 보낼 사람은 없었다. 나는 생각했다. 우린 그냥 아마추어 밴드에 불과해. 마지막 리허설과 뮤지션이 되고 말겠다는 포부가 생각나서 슬퍼졌다.

내 주제에 이런 꿈은 어울리지 않아. 큰 무대에 서서 오줌이나 지리지 마라. 마음이 무겁고 계속 땀이 났다. 잠시 후에는 핑거보드까지 놓쳤다. 그런 실수는 좀체 하지 않는데 말이다.

그 순간, 우리 반 꼴찌 여자애가 보였다. 하지만 그 애가 꼴찌 소녀라는 것은 잊었다. 그저 우리 음악에 열심히 귀를 기울이며 발로 박자를 맞춰 주고 있다는 것만 알았다. 바보같이 그 애 발을 보고 있으니 마음이 차분해졌다. 그 발은 리듬을 타고 있었다.

치와와 뮤직홀에 대해서는 거리에 붙은 포스터, 대형 서점 입구에 쌓여 있는 안내지, 라디오 광고에서 이름만 보거나 들어왔을 뿐이다. 나는 음악에 죽고 사는 편은 아니다. 은밀한 취미가 나한테 너무 큰 자리를 차지하고 있기 때문이다. 하지만 그냥 편하게 틀어 놓을 수 있는 음악은 좋아한다. 그래서 약간 재즈 풍 음악을 틀어 주는 라디오를 자주 듣는다.

음악은 나를 내가 원하는 곳으로 데려가 준다. 궁전의 화장실, 공식 개회 축하연, 칸 영화제 무대 뒤, 아니면 그저 아름다운 별을 볼 수 있는 캠핑장도 좋다. 나는 흐르는 물소리와 작은 새 소리가 깔리는 자연 배경음 CD도 갖고 있다. 시립 수영장의 샤워실에도, 교무실에도 갈 수 있다. 커피 한 잔을 앞에 놓고 라디오 방송을 틀어 놓으면 된다. 특히 일기예보 방송은 현실감을 더해 준다.

하지만 공연장에 가 보고 싶다는 생각은 한 번도 안 해 봤다. 오늘은 다르다. 공연을 보러 가는 내 마음은 너무나 즐거워서 사람들 앞에서 감추기가 어려울 정도다. 공연은 입장권도 필요 없단다.

컴컴한 공연장에 사람이 가득하다. 바, 벽, 기둥이 모두 칠흑처럼 검다. 조명이 비추는 무대 위에는 덩치 큰 사람들이 사방팔방으로 뛰고 있다. 기타리스트는 천장 전구를 갈아 끼우려는 사람처럼 높이 점프를 한다.

마르탱 선생님이 보이지 않는다. 여기 온 관객 중에서 고막이 터질 것 같은 굉음에 괴로워하는 사람은 나 혼자뿐인가 보다. 노래가 끝나자 관객은 휘파람을 불고 환호성을 지른다. 여자애들은 누구 이름을 큰 소리로 부른다. 모두 '이방'을 외치며 '앙' 소리를 길게 끌고 있다. 모두가 '이방'을 연호한다. 릴리조차 그 이름을 외치는 걸 보고 깜짝 놀랐다. 릴리는 날 보고 미소 지으며 다른 관객과 함께 발장단을 맞추고 있다.

먹이를 준다고 우르르 달려드는 양 떼가 따로 없다(아니, 사실 양이 먹이를 어떻게 먹는지 실제로 본 적은 없지만 말이다). 관객은 다음 곡에 자기네 인생이 달린 것처럼 열광적으로 소리를 지르고 있다. 보컬이 고개를 숙인다. 난 보컬의 머리밖에 안 보인다. 보컬이 마이크를 잡자 모두 입을 다문다. 그는 이렇게 말한다.

"고맙습니다, 여러분."

다시 함성이 일어난다.

"다음 곡은 에니를 위해 부르겠습니다."

환호가 잦아들고 사방이 쥐 죽은 듯 조용해진다. 뒤에 앉은 관객이 자기 여자 친구에게 설명을 해 준다.

"에니는 저 보컬이 사귀던 여자 이름이야. 그 여자는 목매달아 죽었대."

갑자기 감정이 북받쳤다. 이런 감정, 기대하지 않았다. 순간적으로 마르탱 선생님도 잊었다. 보컬이 멍하니 정면을 바라보며 마음을 가다듬는다. 조명이 자줏빛과 보랏빛으로 변한다. 누군가가 기침을 한다. 보컬이 천천히 기타를 잡고 악기 앞쪽에 장착한 은색 핸들 같은 것을 조작하며 소리를 뽑아낸다.

관객이 숨을 죽인다. 나는 전율을 느낀다. 보컬은 마이크를 잡고 관객에게 등을 보인 채 뒤돌아선다. 기타 소리가 몇고, 강렬한 울부짖음이 들린다. 죽을 준비가 된 사람, 이제 막 자기 여자의 목매단 시신을 발견한 남자의 울부짖음이다. 관객이 소리를 지른다. 리듬이 점점 빨라진다. 릴리가 나를 팔꿈치로 세게 친다. 아니, 릴리가 아니다. 모르는 관객과 그 여자 친구다. 또 누가 나를 찌른다. 발에 차인다. 어떤 여자가 나한테 큰 소리로 외친다.

"뛰어! 방방 뛰어!"

관객이 모두 방방 뛰고 있다. 성난 아프리카 인이 춤을 추듯 제자리에서 방방 뛰면서 팔을 흔들고, 축축한 바닥에 미끄러지기도 하고, 벽에 부딪치기도 한다. 누군가가 미친 사람처럼 냅다 소리를 지른다.

"에니를 위해 춤추자!"

릴리도 좋아라 웃으며 방방 뛰고 팔을 휘젓는다. 나는 부딪칠까 봐 얼굴을 가리며 조금 물러났다. 내 눈은 미친 듯이 지금 이 순간 절대로 춤을 추지 않을 것 같은 한 남자를 찾고 있다.

나는 군중 속에서 길을 잃은 어린 여자애일 뿐이다. 마르탱 선생님이 필요하다. 아직 목매달아 죽지 않은 한 여자가 부드럽고 애정 어린 몸짓을 갈망하고 있단 말이다.

죽어 버릴 테다. 모니터링 앰프 근처 케이블에 발이 걸려 빈 술병 위로 엎어져 버릴 테다. 무대에 서서 다른 밴드를 보러 온 관객 앞에서 쪽팔려 죽느니 무대 밖에서 죽는 쪽이 낫지. 조는 의자에 앉아 있다. 누가 보면 전신불수 환자인 줄 알 거다. 나트는 선 채로 축축한 손을 무대에 걸린 '다리막'에 닦고 있다. 저런 막을 '다리막' 이라고 부른다는 것도 조금 전에 처음 알았다. 어떤 스태프가 "다리막 좀 건드리지 마. 그거 다느라 세 시간이나 걸렸단 말이야. 샤워 커튼처럼 손쉽게 달 수 있는 게 아니야."라고 했기 때문이다.

난 내가 뭘 하고 있는지 모르겠다만, 후회를 바가지로 하면서 가장 신속하고 확실하게 죽을 수 있는 방법을 생각하고 있는 건 맞다. 무대에서 눈을 떼지 않은 채 얼쩡대면 목은 확실히 결리지 않을까 싶다.

'비뚱 블루스'가 관객의 환호에 보답하러 무대에 다시 오르고 있다. 그들의 사운드는 강렬하고 탄탄하다. 풍부한 경험이 엿보인다. 저런 고수가 이런 경연 대회에 나와서 뭐하자는 건가 싶다. 그들은 '프랭탕 드 부르주' 선발 대회에서도 우승한 경력이 있다. 그런 밴드가 우리를 기죽일 목적이 아니라면 여기 와서 뭐 하는 거람? 나트는 진짜 녹음 스튜디오에서 여섯 곡을 녹음하려면 웬만한 사람 몇 달치 월급은 우습다고, 그런데 그들도 우리처럼 가난한 밴드라고 설명해 주었다.

다른 두 밴드의 공연은 우리가 바에서 워밍업을 하는 동안 지나가서 잘 모르겠지만, '자살 특공대'가 잘했던 모양이다. 관객 분위기는 후끈 달아올랐다. 더 이상 아무 소리도 나지 않는다. 다른 뮤지션들의 뒷모습이 보인다. 몸에 착 달라붙은 티셔츠, 자연스럽게 생수병을 들이켜며 수건으로 땀을 닦는 동작. 저 사람들은 무대가 익숙한 거다. 젠장, 저런 사람들이 여기 왜 왔냐고, 여기서 뭐하자는 수작이야?

보컬이 뭐라고 한마디 했는데 똑똑하게 듣고 기억하진 못했지만, 그의 음성만은 와 닿았다. 삶에 지치고 망가진 목소리, 지금까지 싸워 온 목소리, 관객에게 다른 세상을 보여 줄 줄 아는 목소리였다. 완벽하게 기름 친 기계처럼 빈틈없는 사운드 속에서 그 목소리만이 아주 작은 녹 같았다. 보컬이 페달을 밟는다. 그가 점점 긴장하다가 한순간 다 놓는 것을 느낀다. 얼굴을 일그러뜨리고 돌이킬 수 없는 일을 당한 늑대처럼 울부짖는다. 그 때문에 나는 시적인 정취에 사로잡힌다. 저런 사람이 리더, 무리를 이끌 줄 아는 대장의 모습이구나.

보컬은 밴드를 향해 돌아서서 오른손 검지를 들더니 손목을 아래로 내린다. 드러머가 템포를 잡고 베이시스트에게 눈짓을 한 번 보내자 바로 연주가 흘러나온다. 깔끔하게, 깨끗하게 떨어지는 사운드다. 멋진 록 음악이다. 난 이게 저들의 앵코르 곡이고, 4분 후에는 우리 차례라는 현실을 잊으려고 애쓴다. 나트가 다리막을 움켜잡는다. 난 술을 마시지도 않았는데 토할 것 같다.

비명이 터지려는 것을 참는다. 누가 내 어깨를 두드린다. 프랑수아가 나를 보고 있다. 그의 얼굴이 내 얼굴만큼이나 창백하다.

"괜찮냐?"

아니, 너무 진부하잖아? "괜찮냐? 잘 지내냐?"라는 건 아는 사람을 만나면 다들 으레 물어보는 거잖아. 하지만 오늘 저녁, 이 다리막인지 뭔지 하는 커튼과 온 도시를 춤추게 할 수도 있는 괴물 보컬 사이에 서 있어서일까? 따뜻한 눈빛으로 나를 바라보는 프랑수아의 "괜찮냐?" 한마디는 다르게 들린다. 프랑수아가 '비틤 블루스'의 보컬을 눈여겨보는데 내 가슴이 먹먹하다. 그가 말한다.

"이렇게까지 사람이 많을 줄은 몰랐다."

"나도 몰랐어요."

내 목소리가 갈라진다. '비틤 블루스'의 곡을 끝까지 듣고 있자니 이제 감히 서로의 얼굴도 쳐다보지 못하겠다. '비틤 블루스'가 박수갈채를 받으며 무대 뒤로 들어온다. 이 밴드의 순서가 끝났다는 것을 인정하기 싫은 박수갈채다. 우리는 앙코르고 뭐고 없을 것이다. 어쨌거나 앙코르 무대에 설 만한 레퍼토리도 없다.

"마르탱, 나가야지."

나트는 다리막을 움켜쥔 손을 풀고 도살장에 끌려가는 송아지처럼 걸어간다. 조는 일어서려고 노력은 하는데 엉덩이가 의자에 딱 붙어 버린 사람 같다. 내가 막 무대로 입장하려는데 프랑수아가 소매를 잡고 말한다.

"마르탱, 다 여기에 달렸다."

프랑수아는 힌두교도들이 인사할 때 가슴에 손을 얹듯 자기 가슴을 손으로 가리킨다. 나는 그의 품에 뛰어들어 울고 싶다. 지금 내가 원하는 것은 단 하나. 흐르는 눈물을 닦을 생각조차 하지 않고 실컷 우는 거다. 그다음엔 아기처럼 아무 데서나 쿨쿨 잠들었으면 좋겠다.

내가 어쩌자고 무대 뒤까지 갔는지 모르겠다. 분명 호기심 때문이긴 했다. 마르탱 선생님은 계속 보이지 않았다. 화장실에서라도 우연히 마주쳤으면 해서 가 보았지만 예쁘게 생긴 여자 한 명밖에 보지 못했다. 그 여자는 초조한 듯 손을 씻고 있었다. 평생을 불확실하게 살아온 사람처럼 왠지 걱정이 많아 보이는 눈빛이었다. 그녀의 적갈색 곱슬머리가 밝은 갈색 눈동자를 가리며 춤을 추듯 흔들렸다.

여자는 생각이 딴 데 가 있는지 수도꼭지도 잠그지 않고 건성으로 손을 닦았다. 가냘픈 몸매와 갸름한 얼굴에 걸맞게 손도 참 작고 고왔다. 그녀는 환심을 사려는 남자의 시선에

익숙한지 누가 자기를 쳐다보거나 말거나 신경도 안 썼다. 나는 혹시 그 여자가 목을 맨 에니와 개인적으로 아는 사이가 아니었을까, 그래서 모두가 에니를 위해서 춤추는데 혼자 있고 싶어서 화장실에 온 것은 아닐까, 상상했다.

만약 릴리가 어느 날 갑자기 죽는다면 나는 어떻게 할까? 나는 에니를 생각했다. 그리고 무대에서 그녀의 이름을 언급하며 단순히 노래를 바치는 것만으로도, 그녀는 잠시나마 다시 살아난 셈이 되었음을 깨달았다. 에니는 내 머릿속에, 내 생각 속에 있었다. 에니는 내 앞에 있는 여자의 수척한 얼굴에도 스쳐 지나가고 있었다.

에니도 이 여자처럼 예뻤을까? 나는 아까 무대에 서 있던 남자를 떠올렸다. 당당한 체격, 힘찬 손아귀, 그들이 사랑을 나누는 모습을 상상했다. 난 사람들이 섹스 하는 모습을 자주 상상하는데, 그게 가끔은 영 거북하다. 그들의 행위 때문이 아니라 왠지 내가 훔쳐보는 입장 같아서. 어떨 때는 너무 진지하게 몰입해서 얘기하는 사람들이 벌거벗은 모습으로 보인다. 실오라기 하나 걸치지 않고, 쾌감으로 표정을 일그러뜨린 채 바짝 마른 입술을 헤벌리고 있는 모습으로 말이다.

그럴 때 기분은 대체로 어색하다. 특히 프랑스 어 수업이 한창 진행 중인데 샤테녜 쥐바니 선생님이 허공에 다리를 벌리고 교장 선생님의 애무를 받으며 땀에 젖어 교성을 지르는 모습이 떠오르면 몹시 당혹스럽다. 널뛰는 상상력을 다스리지 못하니 나도 참 이만저만 문제가 아니다. 상상력은 내가 원치 않는 곳까지 마구 뻗친다. 이를테면, 수위 아저씨가 잠든 동안 그 둘이 교장 선생님의 차 안이나 운동장에 아름드리 뻗어 있는 석송 뒤에서 몰래 만나 무슨 짓을 할까, 그런 생각까지 하게 되는 것이다.

여자도 나를 눈여겨보았다. 그 여자는 참 예뻤다. 모든 면에서 곱고 섬세했다. 심지어 내게 이렇게 말하는 목소리까지도.

"실례."

그 여자는 반말을 했다. 나는 화장실에서 나왔다. 그 여자가 어떤 뮤지션을 따라왔을까 궁금했다. 머리카락을 밀어서 무늬처럼 만들었던 기타리스트가 문득 떠올랐다. 그 여자와 기타리스트가 사랑을 나누는 모습을 상상했다. 나는 얼굴을 붉혔다.

화장실을 나오면서 문 하나가 열려 있는 것이 보였다. 그 문을 통해 어떤 복도로 들어갔다. 거기에서는 소리가 관객석에서 듣던 것과는 다르게 들렸다. 방음이 되어 있는지 소리가 거의 아득하게 들릴 정도였다. 잠자는 사람들, 빈 캔, 담배꽁초가 수북한 종이컵 따위를 지나쳤다.

스테레오 헤드셋을 낀 남자가 팔짱을 끼고 무대막 옆에 서 있었다. 그제야 내가 무대 뒤로 들어왔다는 것을 알았다. 게다가 방금 무대에서 내려온 에니의 전 남자 친구가 바로 코앞에 있는 게 아닌가. 내 가슴이 그의 배에 부딪쳤다. 그는 어마어마하게 커 보였다. 몹시 크고도 슬퍼 보였고, 힘은 세지만 연약해 보였다. 순간적으로 마르탱 선생님이고 뭐고 생각이 안 났다. 나는 '벌써 다른 남자한테 눈을 돌리냐.' 하는 생각에 스스로를 책망했다.

난 선생님을 잠깐 잊었었고, 군중 틈에서 도무지 그를 찾을 수 없었다. 나는 체념했다. 그리고 바로 그렇게 체념까지 했기 때문에 그의 후드 티를 본 순간, 심장이 가슴 밖으로 튀어나올 것 같았다. 선생님은 몸을 꼿꼿하게 펴고 머리만 살짝 자기 손 쪽으로 가누고 있었다. 그의 손은 보이지 않았지만 가슴을 짚고 있는 것 같았다. 나름 살 만큼 산 남자가 심장이 터질까 봐 가슴을 잡고 숨죽이고 있는 자세랄까.

나는 다가가지 않았다. 명백한 현실이 코앞에서 나를 비웃은 그 순간, 가슴이 오그라들었다. 선생님은 혼자가 아니었다. 가슴에 올려놓지 않은 손은 누군가의 소맷자락을 다정하게 만지작거리고 있었다. 선생님이 갑자기 홱 돌아서서 나를 쳐다봤다. 난 얼른 고개를 숙였다. 하지만 바로 그 직전에, 그 눈 깜짝할 사이에 나는 촉촉하게 반짝이는 선생님의 눈을 봤다.

그건 사랑에 빠진 눈빛이었다.

큰일 났다. 나트는 드럼 스틱을 쳐들고 있다. 조는 와와 이 펙터를 조정하느라 시간을 무진장 잡아먹는다. 나는 과연 노 래가 나올지 어떨지도 모른 채 마이크 앞에 뻣뻣하게 서 있 다. 베이스를 잡은 손에서 땀이 무진장 난다. 치지도 않은 '라' 현이 떨린다. 내가 돌아서는데 고막을 찢을 듯 날카로 운 굉음이 인다. 스태프 한 명이 모니터링 앰프 쪽으로 달려 온다. 그 스태프가 투덜대는 소리가 들렸다.

"빌어먹을, 이놈의 고주파 잡음은!"

관객도 귀를 틀어막았다. 시간이 흘렀지만 아무 일도 일어 나지 않는다. 리드 보컬로 지명받고 난 후부터 몇 번이나 되풀이되던 악몽이 생각난다. 나는 무대에 서 있다. 관객은 노래를 기다린다. 나는 무슨 말을 할까 생각한다. 조와 나트는 애가 타서 죽을 지경이다. 모두가 나만 보고 앉았다.

꿈속에서는 여기 이 무대가 아니었다. 그때만 해도 치와와 뮤직홀처럼 큰 무대는 본 적이 없기 때문이다. 꿈속에서는 라이브 카페 정도의 작고 낮은 무대였는데도 떨려서 죽을 것 같았다. 베이스를 잡고 연주를 하려는데 손가락이 말을 안 듣는다. 손가락에는 아무것도 닿지 않는다. 엄지와 검지가 굳어 있다. 마이크에 대고 아무 말이나 해 보려 하지만 목소리도 안 나온다. 관객이 짜증을 낸다. 어떤 사람이 공연장을 박차고 나간다. 모두 그를 따라 나간다. 나트와 조는 입을 멍하니 벌리고 나만 쳐다본다.

그것이 내가 밤마다 꾼 악몽이다. 악몽이자 예지 몽이었다. '예지 악몽'이라는 말은 들어 본 적 없지만 하여간 그런 게 있나 보다. 그 증거가 여기 있지 않은가.

시간이 한없이 길게 느껴진다. 토하고 싶지만 이미 내 몸의 수분은 땀구멍으로 다 빠져나갔다. 토해 봤자 바짝 마른 덩어리만 튀어나올지 모른다. 조명 때문에 눈이 아프다. 관객도 안 보인다. 그냥 소리만 들린다. 어떤 여자가 깔깔 웃음을 터뜨린다. 난 피해망상에 빠졌다. 관객이 보이지는 않지만 느낄 수 있다. 사람들이 속닥대는 소리, 초조해하는 기운을 느낄 수 있다.

나는 프랑수아를 생각한다. 맨 앞줄에 있는 얼굴 몇몇은 알아볼 수도 있을 것 같다. 나트가 템포를 준다. 죽을 것 같다. 떨려서 죽을 것 같은데 어떻게 즉흥곡을 부르라는 거야? 조가 자리를 잡고 첫 음을 준다. 진동하는 한 음. 내가 딸림음을 주고 코드 진행을 하게 되어 있다. 도, 레, 솔, 도. 어려운 점이라곤 전혀 없을 단순한 코드 진행이다. 하지만 난 그것조차도 못하겠다. 조는 연주를 하는데 나는 따라가지도 않고 한 음에 머물러 있다. 나트는 아무것도 모르는 듯 그냥 연주를 한다.

관객은 꼼짝도 하지 않는다. 춤도, 함성도 없다. 쪽팔려 죽겠다. 나 따위가 뮤지션은 무슨. 진짜 뮤지션이라면 무대를 즐겨야지. 쓰러질 것처럼 긴장을 하더라도 일단 무대에 올라 공연을 시작하면 자기 자신을 잊어버리는 게 뮤지션이다. 난 그런 강단이 없다. 포크 대로보다 더 멀리 나가 본 적 없는 동네 아마추어 밴드에서나 즉흥곡을 부를 수 있다. 여섯 곡 녹음이고 뭐고 알 게 뭐람. 그냥 사라지고 싶다고. 용기를 내서 취소하지 못한 게 후회된다. 난 비겁한 놈이다. 최후의 순간까지 비겁했다.

그러지 말았어야 했는데 그러고 말았다. 나는 핑거보드에서 시선을 떼고 맨 앞줄에 앉은 관객의 당혹스러운 표정을 살핀다. 한 남자가 꾸벅꾸벅 졸고 있다. 이 자리에 와서 억지로 기다리고 있는 경비원이 아닐까 생각된다. 그 옆에 있는 여자애 몇 명이 조를 보고 자지러진다. 조의 여동생과 친구들인 것 같다.

나는 계속 낮은 '미'에서 막혀 있다. 연주가 점점 빨라지는데 나만 처져 있다. 여자애들 근처에서 누군가의 눈을 보았다. 제기랄, 눈만 본 게 아니다. 드니 페앙이 거기에 있다. 드니 페앙이 궐련을 피우면서 개인 곡을 구상하고 있나 보다. 그는 풍경을 바라보듯, 아무 감정이 드러나지 않는 눈으로, 나를 본다. 하지만 그 눈빛 너머에서 어떤 미소가, 이를테면 이런 말이 비쳤다.

"어이, 뭐 하고 있어? 너만 욕보는 거 아니야. 난 아는 사람은 다 아는 보컬이지만 나도 너 못지않게 의심에 싸여 있다고. 그러니까 해 봐! 뛰어들어! 너 자신을 놓아 버려!"

상상력이 마구 뻗어 나간다. 나는 계속해서 사람들의 시선을 본다. 허리를 쫙 폈다. 이제 이 비참한 입장을 받아들일 테다. 노래는 형편없겠지만 비겁자는 되지 않으련다. 약점일지라도 확실하게 보여 주고 갈 테다. 저 멀리 꼴찌 소녀가 보인다. 그 애가 눈에 확 들어온다. 머리에 반짝이 가루를 뿌렸는지 그 애만 빛나 보인다. 꼴찌 소녀도 '드니'와 똑같은 말을 해 준다. 아까 나한테 말을 걸어 줬으니까, 이제 그냥 '드니'라고만 부를 거다.

"넌 할 수 있어. 너도 나처럼 지지리 못났고 정신이 홀딱 나가 있지만 그래도 할 수 있을 거야. 못난 사람도 잘하는 게 있는 법이야."

물론, 이 말은 내가 지어낸 거다. 꼴찌 소녀가 실제로 이런 말을 하지는 않았다. 나도 모르지만 어쨌든 내 안에서 들려온 말이다. 가슴을 더 쫙 폈다.

나의 '미'음이 멋었다. 술 취한 남자들은 바에서 소리를 지르고, 어떤 사람들은 공연장을 나갔다. 밖에서 기다리다가 '허무한 시체들' 순서가 되면 다시 들어오려는 것이다. 조는 어쩔 줄 몰라서 에코를 길게 넣었다. 나트는 이 순간을 모면하려고 드럼 솔로라도 즉흥적으로 해 보려 한다. 나는 가슴을 펴고 꼴찌 소녀의 계시를 생각한다.

우리는 쓰레기, 하지만 쓰레기도 어딘가에는 쓸모가 있겠지. 이 말은 내 생각이었지만 입 밖으로도 흘러나왔다. 공연장에 울려 퍼지는 내 목소리가 들렸다.

죽어 버릴 거다.

　나는 고개를 계속 숙이고 있다. 마르탱 선생님이 빠른 걸음으로 저쪽으로 가고 있다. 반대 방향으로 선생님을 쫓아갈 수도 있을 것이다. 그래서 선생님 마음을 그토록 애틋하게 하는 상대가 누구인지 확인할 수도 있을 것이다. 하지만 그럴 수 없을 것 같다. 그냥, 못하겠다. 갑갑하다. 숨을 한껏 들이마셔도 목구멍에서 공기를 받아들이지 못한다. 울고 싶은데 눈은 바짝 말라 있다.

　나는 절망적인 순간에조차 목석처럼 뻣뻣한 인간, 뼛속까지 차가운 인간, 가슴을 일정한 한계 이상은 열 수 없는 인간, 이해를 거부하는 거만한 인간인가 보다.

난 늘 이랬다. 내가 기억하는 가장 오랜 옛날부터, 꼬맹이 시절부터 난 다른 사람들과 달랐다. 알록달록한 장난감을 보고 자지러지게 좋아한 적도 없고, 새로운 풍경을 봐도 신기해하지 않았다. 나는 어떤 것에도 놀라지 않았다. 내 생일에도 요란하게 치장한 방에서 이웃집 친구들이 빨리 돌아가 줬으면 좋겠다고 생각하며 뚱한 얼굴을 하고 있었다. 나는 상처받은 어른보다 천성적으로 더 우울하게 태어났다. 심지어 내가 눈물을 흘린 적이 있는지 어떤지도 모르겠다.

나는 천천히 군중 틈으로 돌아간다. 이제 관객은 공연장 바깥 로비와 유리문 앞에 잔뜩 모여 있다. 에니의 남자 친구였다는 보컬이 CD 커버에 사인을 해 주고 있다. 내 눈은 시커먼 티셔츠와 다양한 머리 색 사이를 헤매지 않을 수 없었다. 하지만 마르탱 선생님의 후드 티는 보이지 않는다. 공연장으로 들어간다.

방방 댄스도, 환호성도 없다. 공연장은 가운데가 휑댕그렁하니 비어 있어서 더 넓어 보인다. 관객은 벽에 기대어 있거나 바에 팔을 괴고 있다. 관객석에 남아 있는 몇 명은 무대 바로 앞에 듬성듬성하게 줄을 이루고 있다. 공연장은 조용하고 후드 티는 보이지 않는다. 낮은 음이 울린다. 시간이 멈춘다. 그 한 음이 내 마음속에 점점 더 커지는 공허를 표현하는 것만 같다. 릴리도 보이지 않는다. 릴리 걱정은 안 한다. 아마 방방 뛰느라 너무 지쳐서 이제 그만 자러 가지 않았을까?

당당하고 낮은 목소리가 들린다. 마르탱 선생님은 지금 틀림없이 공연장 밖에 있겠지. 바 쪽에서 여기에 자주 드나드는 듯한 사람들이 큰 소리로 떠든다. 그들은 나를 쳐다보지도 않는다. 여기서 나는 브레인 카퓌슈가 아니다. 난 아무것도 아니다. 발에 채일 만큼 평범한 중학생 여자애, 숫처녀에 불과하다.

밖에 나가니 나는 보잘것없다. 공연장에서 멀어질수록 내가 더 작게 느껴진다. 바깥에는 오토바이족, 병을 입에 대고 술을 마시는 아저씨, 담배 피우는 사람들이 왔다 갔다 하고 소수이지만 펑크족도 있다. 한 여자가 친구의 부축을 받으며 반짝반짝 빛나는 새 구두를 버리지 않고 토하려고 애쓰고 있다. 중학생처럼 치기어린 말만 하는 풋내기 아티스트, 사복차림의 형사와 조심성 많은 마약 밀매상도 한 명 있는 것 같은데 누가 누구인지는 모르겠다.

나도 저 사람들처럼 되고 싶다. 아무것도 보지 않고, 그냥 내 나이에 맞게 살고 싶다. 가랑잎만 굴러가도 깔깔대고 웃고, 트림을 하고 나서 보란 듯이 침을 뱉고, 사랑에도 빠져보고 싶다.

나도 또래 남자애와의 사랑을 꿈꾸고 그 애의 키스를 바라면 얼마나 좋을까. 내 입 속에서 그 애가 혀를 어떻게 돌리는지 생각하고, 그 애의 축축한 손길을 좋아할 수 있었으면.

아니, 정직해지자.

난 그런 걸 원하지 않는다.

내 또래 남자애는 턱에 수염이 얼마나 났는지 신경 쓰고, 여드름이 났다고 울상 짓고, 일요일 아침에는 축구를 하고, 집요한 이메일이나 보내고, 토끼처럼 신속하게 섹스를 한다. 순결을 버리고 나서 쪽팔림이나 상대에 대한 경멸 때문에 죽고 싶어지느니 차라리 순결을 지키며 살련다. 나는 내 요구에 필요한 만큼 충분한 시간을 갖고 내게 계시를 보여 줄 남자를 기다릴 테다.

방금 토한 여자가 말한다.

"들었어요?"

한 남자가 느릿하니 고개를 든다.

"그럼요."

여자가 흥분한다.

"들을 줄도 모르면서, 저 멍청이들!"

그 여자는 자기를 따라다니는 친구와 함께 가 버린다. 나도 조심스레 그 여자들을 따라간다. 멍청이들이 들을 줄도 모른다는 노래를 들으러 따라간 게 아니라 숨고 싶어서다. 나오지도 않는 눈물을 숨기기 위해서다.

로비가 한산하다. 이제는 공연장 안으로 사람들이 모인다. 하지만 지금은 모두 조용히 귀를 기울이는 분위기다. 아까 그 밴드 보컬이 에니 이야기를 했을 때하고 비슷하다.

지금 무대에 선 밴드는 말을 하고 있지 않다. 그들은 연주 중이다. 기타는 짧은 멜로디를 반복하고 있다. 똑같은 멜로디이지만 울리는 느낌은 계속 달라진다. 나는 눈을 감는다. 베이스를 메고 중앙에 서 있는 사람이 노래를 부르기 시작한다.

사실 노래라고 하기는 뭐한데, 가사가 인상적으로 맴돈다. 음성은 낮고 안정적이지만 생채기를 내는 돌멩이처럼 뭔가 마음을 건드리는 데가 있다. 그는 흐르는 시간, 매일 서로 이름도 모른 채 스쳐가는 사람들, 죽기 전에는 누구의 관심도 받지 못하다가 죽은 후에야 이야깃거리가 되는 이들에 대해 노래한다. 무의식적인 위선과 철두철미한 고독에 대해 이야기한다. 그가 하는 말은 단순하지만 진실하고 정확하며 체험에서 우러나온 것이기에 울림이 있다. 관객이 전율한다.

나는 눈을 뜬다. 릴리가 아무 말없이 옆으로 온다. 나는 목에 뭐가 얹힌 것 같은 기분이다. 나도 사람이고, 여기 나란히

서 있는 우리 모두도 사람이다. 우리는 모두 똑같이 고독하다. 나는 아프다. 하지만 그래서 좋다. 이 거대한 진실 때문에 목이 메고 가슴이 벅차다. 릴리도 아무 말을 할 수 없어서 그냥 내 손을 꼭 잡아 준다. 나는 운다. 내가 우는 것 같다. 굵은 눈물방울이 목까지 흘러내렸으니까. 릴리는 내 손을 꼭 잡고 놓지 않는다. 그 애가 떨고 있다.

내 시선이 무대에서 나를 위해 노래하는 이에게 머문 순간, 어떤 등짝이 생각났다. 과거에 쫓기듯 살짝 굽은 것 같은 어떤 아이의 등이.

　모니터링 앰프를 통해서 내 목소리를 들었다. 더 이상 아무것도 생각하지 않았다. 아니, 나는 생각했다. 사람들이 뭐라고 생각하든 우린 통 상관하지 않는다. 난 뇌리를 스치는 생각을 되는 대로 내뱉었다. 멋있어 보이고 싶은 마음도, 사람들이 좋아해 줬으면 하는 마음도 없었다. 나는 심사 위원도, 겁을 줬던 스태프도, 믹싱 테이블 앞에서 엄청 심각한 표정을 짓던 사운드 엔지니어도, 심지어 드니까지도 잊었다. 나는 될 수 있는 대로 가장 멀리 허공을 바라보았다.

　우선 내가 혼자가 아니라는 것을 잊으려고 노력했다. 지금 내가 수많은 사람에 둘러싸여 있다는 것을 잊어야 했다. 다른 멤버의 연주를 듣지도 않고, 혼자 내달렸던 마지막 리허설을 생각했다. 그러자 이 말이 떠올랐다.

"어이, 우린 함께야."

조를 흘끗 쳐다보았다. 조는 할아버지가 물려준 포스터 속의 지미 헨드릭스 자세를 흉내 내려고 안간힘을 쓰고 있었다. 녀석은 입에 기타 픽을 물고 머리에 띠를 둘렀다. 다크서클보다는 두툼한 입술이 먼저 눈에 들어왔다. 붉은색 펜더의 핑거보드가 왼쪽으로 돌아가 있다.

조의 할아버지가 살아 계셨다면 손자를 엄청 자랑스러워했을 것이다. 자신이 공연을 그만둔 지 30년이나 됐는데도 자기 기타가 아직 무대에 오르고 있으니 얼마나 기쁠까. 그런 생각을 하니 가슴이 뭉클했다. 록커 할아버지가 아직도 긴 머리와 저항 정신을 간직한 채 우리를 내려다보는 것처럼, 우리는 혼자가 아니라는 느낌이 들었다.

그다음에 내 시선은 나트에게 쏠렸다. 레게 머리 때문에 얼굴은 반밖에 보이지 않는다. 나는 나트와 꽤 오랜 친구 사이다. 나트는 좋은 녀석이다. 녀석에겐 자기만의 사운드가 있다. 녀석은 드럼을 치면서 자기도 모르게 입으로 박자를 넣곤 한다.

난 기똥차게 운이 좋은 놈이다. 스트레스가 엄청나긴 해도 친구들과 함께 이런 무대를 만들 수 있지 않은가. 그리고 어차피 밴드를 하는 이상 언젠가는 시작될 스트레스다. 언젠가는 이놈의 경연 대회 비슷한 것에라도 참가하지 않을 수 없을 테니까.

불미스런 사건으로 무대에서 사라진 록 밴드의 리더 '베르트랑 캉타'가 생각났다. 우리 모두 살다가 어떻게 될지 모른다. 이 모든 생각이 눈 깜짝할 사이에 스쳐 지나갔다. 난 내 속에 이 모든 이야기가 있다고 생각하며 읊조렸다.

왼손으로 핑거보드를 잡고 오른손으로 현을 퉁기고 있지 않았더라면, 프랑수아에게 가슴에 손을 얹는 제스처라도 해 보였을 것이다.

그다음은 아무것도 모르겠다. 다만 관객이 호기심을 보이며 공연장으로 돌아온 건 알겠다. 곡이 끝날 무렵에는 몇몇 사람이 장례식에라도 온 것 같은 표정을 하고 있었다. 마음이 놓이지 않았다. 게다가 곡이 끝났는데도 박수가 터져 나오기는커녕 무겁고 거북한 침묵만 감돌았다.

나트를 돌아보았다. 나트가 생수병을 내밀기에 받아서 한 모금 마시고 다시 노래를 시작했다. 조명이 바뀌었다. 아까보다 어둡고 붉은색이 돌았다. 사막, 소박함, 낙타의 느릿느릿한 걸음걸이가 떠올랐다. 바위에 앉아 다리를 허공에 건들

거리며 저만치 지나가는 대상의 행렬을 바라보는 한 아이가 떠올랐다. 아이는 드문드문 지나가는 대상을 헤아려 보지만 다섯보다 더 큰 숫자는 모르기 때문에 하나, 둘, 셋, 넷, 다섯, 하고는 다시 영에서부터 시작한다.

〈숫자를 모르면서 숫자를 세는 꼬맹이〉, 이게 내가 그 곡을 다 부르고 나서 붙인 제목이다. 나트가 치는 드럼이 아랍의 북소리처럼 들렸다. 조도 날카로운 고음을 많이 섞어서 아프리카 악기인 산자 같은 분위기를 냈다. 사운드 엔지니어가 재미있어 하는 것 같았다. 다른 사람들은 어떻게 들었을지 모르지만 나도 재미있었다. 나는 치와와 뮤직홀이라는 사막을 여행하고 있었다.

무대에서 내려왔을 때 조가 나를 보고 말했다.

"경연 대회는 망쳤는지 모르지만 관객의 마음은 얻었어."

조는 옳은 말을 많이 한다. 나는 기분이 나쁘지 않았다. 관객이 귀 기울여 우리 음악을 들어 주는 것보다 중요한 건 없다고 생각하기 때문이다. 심지어 우리는 앙코르 무대까지 나갔다. 하지만 앙코르 무대에서는 연주만 했다. 난 이미 내 속에 있는 말을 다 털어냈으니까. 그제야 감히 관객석을 바라볼 배짱이 생겼다.

드니는 조를 뚫어져라 보고 있었다. 그 근처에 서 있는 프랑수아가 보였다. 그리고 프랑수아 옆에는 엄마가 있었다. 엄마가 나를 보고 환하게 웃었다. 그 미소는 엄마가 첫 만남으로 상대를 사로잡을 수 있을지 없을지 확신이 서지 않을 때에만 써먹는 비장의 무기다. 오늘 엄마의 헤어스타일은 참 근사했다. 교사와 상담이 있는 날보다도 훨씬 더 예뻐 보였다. 그래서 웃음이 났다. 프랑수아가 나를 보고 정중하게 인사하는 시늉을 했다.

반짝이 머리칼의 소녀는 보이지 않았다. 우리는 무대에서 내려왔다.

　나는 그 애의 등을 관찰하는 중이다. 인생을 아는 사람, 삶
이 만만치 않았던 사람의 등이다. 나는 그런 등을 안다. 나를
심각하게 만드는 등. 사람에 둘러싸여서도 혼자라고 느끼는
사람의 등. 갈색 조명이 무대 배경막에서 춤을 춘다. 릴리가
내 손을 놓았다. 우리는 앞으로 걸어간다. 바로 옆에서 누군
가가 중얼거린다.

　"저 꼬맹이, 가슴을 아주 후벼 파는데."

　나는 소스라치게 놀랐지만 담배 연기에 싸인 그 사람의 얼
굴을 보자, 왜 '꼬맹이'라고 했는지 이해가 갔다. 나이 많은
사람의 얼굴이다. 역마살을 못 이겨 방랑의 세월을 살았거

나, 한때 마약에 빠졌거나, 아니면 그 두 가지를 다 겪은 얼굴. 고생한 태가 나는 얼굴이다. 전에 마약 중독자를 다룬 방송을 본 적이 있다. 그런 사람들은 쉰 살만 되어도 이가 다 빠진다. 마흔 살만 되어도 우울한 백 살 노인보다 깊은 주름이 얼굴에 자리 잡는다. 방송에서 구체적으로 그런 언급까지 한 것은 아니지만, 내가 보니 분명히 그랬다. 그때 난 절대로 마약에만은 빠지지 않겠노라 결심했었다.

방랑자처럼 생긴 아저씨가 자기 친아들을 보면서 기뻐하듯 눈을 빛낸다.

"죽이네."

아저씨는 수첩의 한쪽을 손바닥으로 문지르며 그렇게만 말한다. 공연장에서 수첩을 들고 있다는 점이 별나다. 나는 그 아저씨가 글 쓰는 사람이라서 영감이 떠오를 때마다 메모를 하는 거라고 짐작한다. 작가랑 사귀어서 그 사람의 뮤즈가 된다면 얼마나 근사할까. 우리가 진탕 놀아난 후에 작가는 촛불을 켜고 수첩을 펼친다. 그렇게 그의 가장 아름다운 문장의 대상이 된다면 얼마나 멋질까. 하지만 이 아저씨는 늙어도 너무 늙었다. 할아버지랑 자고 싶은 마음은 없다. 아니, 아무하고도 그럴 마음이 없다.

보컬이 우리 쪽을 보더니 자기 베이스를 내려놓았다. 그는

120

바닥만 내려다보며 정신을 집중한다. 얼굴은 보이지 않고 머리칼과 마이크를 붙잡은 두 손만 보인다. 당당하게 다리를 벌리고 두 발로 무대를 확실히 디디고 있는 모습이 믿음직하고 남자다워 보인다. 그는 여기가 아닌 다른 어떤 곳, 내가 한 번도 가 보지 못한 곳을 이야기한다.

눈을 감는다. 그의 음색에 사로잡힌다. 나는 모래벌판 위에서 사랑을 한다. 덥고, 습하고, 등이 활활 타는 것 같다. 모래 알갱이가 살갗에 들러붙는다. 근처 어느 천막에서 집시가 우쿨렐레를 연주한다. 모래 언덕에 내려놓은 은쟁반에서 박하차가 서서히 식어 간다.

저 멀리서 한 남자가 우리를 본다. 그가 짜증을 내면서 말한다. 이러면 어떡하느냐고, 역겨운 수작하지 말라고, 다시는 빌어먹을 심사 위원 따위는 하지 않겠다고!

나는 상상에서 벗어나 눈을 번쩍 떴다. 방랑자 아저씨가 옆에 있는 사람하고 떠들면서 수첩을 만지작거리고 있다.

"염병할, 이렇게 다 짜고 치는 도박판인 줄 알았으면 애초에 심사를 맡지도 않았을 거야."

옆 사람은 좀 더 조심스럽게 속삭인다.

"'비튐 블루스'는 그릇이 다르잖아."

"하지만 '비튐 블루스'는 8년이나 된 밴드잖아! 이미 메인

타이틀도 30곡 이상 되고, 프랑코 음악 축제에서 거처를 제공받고 있어. 스타테어 지원금도 받는다면서? 2002년에 누아르 데지르의 투어에서 오프닝 밴드를 맡았고, 2006년에는 프랭탕 드 부르주에서 우승했어. 메이저 음반 회사와 접촉하는 애들이 왜 그렇게 여섯 곡 녹음에 연연해하는데!"

"최고의 사운드 엔지니어인 장 미랑 하는 녹음이야. 누군들 욕심나지 않겠어?"

"하지만 저 풋내기들이야말로 정말로 그 기회가 필요한 밴드야. 제기랄, 저 사운드가 안 들려? 저 기타 소리를 들어 보라고! 쟤가 몇 살이라고 했지…… 열여섯 살? 그런데 저런 사운드를 내다니…… 저런 꼬맹이가 관객을 자기가 원하는 대로 주무르잖아!"

"펜더는 펜더지……."

방랑자 아저씨는 약만 많이 한 게 아닌가 보다. 지금 그 아저씨는 술꾼처럼 얼굴이 시뻘게졌다.

"저 애의 펜더가 연주를 하는 게 아니야! 내가 저 애 기타를 가져다주면 넌 저만큼 칠 수 있을 것 같아? 쟤니까 저게 되는 거야, 빌어먹을…… 드러머도 좀 봐. 계집애가 가슴으로 드럼 건드리듯 부드럽잖아. 사내애 중에서 저런 식으로 드럼 치는 애 본 적 있어? 아, 물론 들어 보지도 못했겠지.

막귀가 듣는다고 알겠어? 등신 같으니."

옆에 있던 아저씨는 이제 속삭이지 않고 대차게 맞받아
친다.

"이방은 강단이 있어. 지독한 일을 겪고도 꿋꿋하게 버텨
왔고. 우리가 그 친구에게 이래선 안 돼. 그건 뭐랄까. '넌 쓸
데없이 무대에 올라온 거야.' 라고 말하는 격일걸. 이방이 더
이상 음악을 하고 싶어 하지 않는다는 소식 들었나? 그 친구
가 그런 말을 하더라고. 향정신성 약물 때문에 생각을 할 수
가 없대. 생각을 하면 자기가 죽을 것 같고, 생각을 안 하자
니 더 이상 음악을 못할 것 같대. 우리는 이방의 눈에서 들보
를 치우고 빛을 직시하게 했어. 그 녀석 친구들이 다 여기 있
고, 모두가 믿고 있다고. 이제 이방을 그렇게 내버려두지 않
을 거야."

방랑자 아저씨가 손가락을 입술에 대고 쉿 하는 눈치를 주
며 말한다.

"이봐, 음악 좀 듣자고. 저 애송이 노래나 들어."

나 역시 그 애송이의 노래를 듣는다. 문제의 애송이는 내
가 매일 마주치지만 한 번도 제대로 바라본 적 없는 낯선 소
년이다. 애송이는 더 이상 5분에 한 번씩 손목시계를 보지 않
는다. 그 애는 지구가 돈다는 것도 잊었다. 릴리는 이제 숨을

죽인 채 휘둥그레 뜬 눈을 깜박이지도 않는다. 애송이는 아이가 아니지만 완연한 남자도 아니다.

스머프는 자기가 무슨 짓을 하는지 참 잘 숨긴단 말이야.

　우리는 분장실로 들어갔다. 간단한 스낵을 준비해 놓은 탁자 커버가 지저분하게 젖어 있었다. 마실 것을 찾아보았지만 콜라병에서 위스키 냄새가 났다. 급한 대로 술이라도 들이켤 수 있었겠지만, 별로 그러고 싶지 않았다.

　박하차를 마실 수 있었으면 좋을 텐데. 프랑수아가 전에 엄마와 나에게 박하차를 만들어 준 적이 있었다. 프랑수아는 생박하 잎과 철제 티포트를 가져와서는 티포트를 높이 들어 올려 찻물이 공기와 충분히 접촉하게 했다. 그 동작은 몹시 우아했지만 나는 뜨거운 찻물에 혀를 데었다. 그러고는 우리 모두 이케아 방석에 앉아서 얼간이처럼 킬킬대고 웃었다. 프랑수아가 우리 엄마를 보고 이렇게 말했다.

"모로코의 에사우이라 언덕, 가 보고 싶어?"

프랑수아가 엄마에게만 하는 말이 아니라는 것을 알았으므로 내가 나서서 대꾸했다.

"거기가 우리에게 어떤 곳인지 알면서!"

엄마는 꿈꾸는 표정을 짓다가 빙그레 웃었다. 엄마가 자주 써먹는 유혹적인 미소가 아니라 지극히 차분하고 평화로운 미소였다. 내가 예전에 알던 우리 엄마의 미소. 순간적으로 나는 미래를 보았다. 프랑수아의 짐이 여기로 옮겨 오든가, 아니면 우리 짐이 그의 집으로 옮겨 가든가. 후자가 확률이 좀 더 높아 보였다. 왜냐하면 프랑수아 집이 좀 더 넓고, 우리는 세 들어 사는 처지이며, 40제곱미터면 세 식구가 그럭저럭 살 만한 데다가, 그 집은 프랑수아 본인의 집이기 때문이다. 비록 주택 대출금을 아직 다 갚진 못했다지만.

미래가 뚜렷하게 보였다. 프랑수아의 책상이 있는 방은 내 방이 될 것이고, 엄마와 프랑수아는 복도를 이상하게 개조한 방이 아니라 제대로 된 침실을 함께 쓰게 될 것이며, 주방에서는 맛있는 고기구이 냄새가 풍길 것이다. 그의 책상 방(미래의 내 방) 구석에 세워진 워시번 베이스, 아침 일찍 일어나 대학에 수업 들으러 가는 엄마가 손에 잡힐 듯 보였다. 심지

126

어 교사와 학부모 상담의 한 장면까지 눈앞을 스쳐 지나가는 듯했지만 그건 확실치 않다.

조가 내게 잔을 내밀었다.

"밴드 이름을 바꿔야겠어."

나트는 스낵을 잔뜩 우겨 넣은 채 입을 헤벌렸다.

"왜?"

나는 대답했다.

"우린 이제 떨지 않으니까."

두 친구 다 갑자기 잘생겨 보였다. 특히 조는 할아버지의 영혼이 들어오기라도 한 것처럼 갑자기 나이를 먹었다. 녀석은 완전히 맛이 갔지만 멋있어 보였다. 피곤에 찌들었는데도 당당했다. 나트는 다크서클이 얼마나 심한지 눈에 시커멓게 멍이 든 것 같았다. 나는 생각했다. 어이, 맨, 머리가 어떻게 됐어? 호모가 된 건 아니겠지? 왜 이 모양이야?

내 등을 쿡 찌르는 작은 손에 깜짝 놀랐다. 수많은 손 중에서도 절대로 헷갈리지 않고 찾아낼 수 있는 우리 엄마 손이다. 프랑수아가 나에게 주먹을 내밀었다. 엄마는 아무 말도 하지 않지만, 엄마의 눈빛은 사람도 별로 없는 분장실에서 이렇게 외치고 있었다.

"내 아들이에요! 내가 이런 아들을 낳은 여자예요!"

나트와 조는 프랑수아에게 깊은 인상을 받은 눈치였다.
나트가 말했다.

"너희 새 아빠 멋지다, 야."

프랑수아는 나를 따로 불렀다.

"샤를로트가 온다는 말은 하지 않는 게 더 나을 듯해서……"

나는 아무 말도 하지 않았다. 나한테 말하지 않고 엄마를 이곳에 데려온 건 잘한 일이다. 나는 감히 엄마에게 오라는 말을 할 수 없었다. 대신 프랑수아가 엄마를 데려왔다. 나는 생각했다. 아버지 역할이 바로 이런 거 아냐? 자식을 위해 한 발짝 더 나가 주고, 의도치 않았더라도 생활의 균형을 잡아 주는…….

우리는 마실 것을 찾지 못해 관객이 마지막 밴드에 열광하는 동안 바에 남아 있기로 했다. 난 이제 배가 아프지 않았고, 우린 아무래도 좋았다. 경연 대회에서 참패하더라도 상관없었다. 이미 다른 것을 얻었기 때문이다. 뭐라고 해야 할진 몰라도 보이지 않는 일종의 마법을 얻었기에, 나트와 조와 나는 각자 따로 걸어갈지라도 여전히 함께였다. 마치 결코 끊을 수 없지만, 그 무엇도 구속하지 않는 실오라기 하나가 이쪽에서 저쪽까지 이어져 있듯이.

방랑자 아저씨의 걸음걸이에서 분노와 패배감이 감지된다. 아저씨는 바 쪽으로 걸어가고 무대에서는 새로운 밴드가 첫 번째 곡을 연주한다. 마르탱 선생님이 보고 싶다. 꿈을 꾼 게 아니라고 선생님이 확인해 줬으면 좋겠다. 선생님을 찾을 수 있는지 한번 나서 보고 싶다. 갑자기 절대적 명령처럼 '그 여자'를 꼭 봐야겠다는 결심이 선다. 그 여자는 선생님이 어떤 타입과 스타일을 좋아하는지 알려 줄 것이다. 자기는 알지도 못하는 사이에 나에게 선생님 마음을 움직일 수 있는 여성상을 보여 줄 것이다.

릴리는 무대에 완전히 사로잡혀 관객석에서 떠날 생각을

안 한다. 나는 사람들로 혼잡한 바를 지나간다. 마르탱 선생님이 있다. 그는 여기 있는데 나는 내가 어디 와 있는지도 모르겠다. 선생님의 후드 티가 나를 유혹한다. 하지만 선생님 소매가 나를 비웃는다. 왜냐하면 그 소매에는 한눈에 알아볼 수 있는 예쁜 머리칼이 엉켜 있었으니까. 그리고 그 머리칼 옆에는 역시 내가 알아볼 수 있는 좀 더 짧고 축축한 머리칼도 있었으니까.

아까 그 예쁜 여자가 다정하게 보컬 소년의 어깨에 손을 얹는다. 순간적으로 희망이 살아났지만 나의 냉철한 이성은 그 희망을 단호하게 부정한다. 그 여자는 나이가 너무 많다. 아니, 나이가 많다기보다는 너무 어엿한 여자 태가 난다. 둘은 확실히 아는 사이다. 스스럼없는 동작을 봐서 둘 관계가 아주 가깝다는 것을 알 수 있다. 보컬이 여자에게 고개를 돌리고 놀랄 만큼 자신 있게 웃는다. 보컬은 참 놀라운 녀석이다. 지나치다 싶을 만큼 편한 행동으로 주위 사람에게 사랑받는 법을 아는 것 같다.

나는 너무 서툴고 약해서 다가가지도 못하고, 여기 바에 몰려 있는 사람들 틈에서 쓰러져 버릴 것 같다. 난 내가 결단력이 있는 줄 알았는데, 이제 보니 겁쟁이 계집애에 지나지 않는다.

마르탱 선생님이 나를 발견하고 손짓을 한다.

"카퓌신!"

후드가 선생님 등 뒤로 숨는다. 그는 함박웃음을 지으며 가까이 오라는 손짓을 보낸다. 기절할 것 같다. 로비에서 본 화장실이 생각난다. 그가 다가와 아주 다정하게 묻는다.

"어땠니? 좋았어?"

섹스를 마친 후에도 그는 사랑하는 사람의 몸을 어루만지며 "좋았어?"라고 물어보겠지. 난 그렇게 믿는다. 나는 고개를 든다. 울어 버릴 것 같다. 그렇잖아도 고독에 대한 노래를 듣고 마음이 약해져 있단 말이다. 그가 자신의 턱을 잡고 내 눈을 똑바로 들여다본다. 그의 눈에서 내가 알지 못하는 정열의 불꽃이 이글거린다. 우리 뒤로 배경 음악이 흐르고 연기가 깔린다. 그가 우물우물 말한다.

"카퓌신, 괜찮냐?"

아무라도 형식적으로 물어볼 수 있는, 기껏해야 예의상 묻는 '괜찮냐?' 일 뿐이다. 그래도 그의 부드럽고 육감적인 입술에서 흘러나오니 사랑의 속삭임이 따로 없다. 저음의 목소리가 나를 떨리게 한다. 그는 큼지막한 손으로 어깨를 두드려 준다. 칠판에 숙제를 적을 때마다 열심히 눈여겨보았던 바로 그 손이다.

그는 내가 이상하게 흥분해 있다는 것을 알아차렸다. 내 안에서 들끓는 수많은 말 때문에 배가 다 아프고 가슴이 답답해 죽겠다. 아랫배가 화끈거리고 다리에는 감각이 없다.

예쁜 여자가 내 쪽을 쳐다보았다. 걱정스러운 표정이다.

"바람을 좀 쐬렴."

여자가 그에게 손짓을 한다. 허락을 구하는 듯한 태도다.

나는 유령처럼 맥없이 그녀의 늘어뜨린 머리칼을 따라간다. 그녀의 벌거벗은 아름다운 몸이 상상된다. 그녀는 뜨거운 손으로 내 손을 잡았다. 우리는 계단에 앉았다. 우리 사이에는 침묵이 감돈다. 티격태격하지만 더없이 행복한 한 쌍이 주차장으로 비틀비틀 걸어간다. 또 다른 한 쌍은 내일이면 후회할 못된 말을 서로에게 퍼붓고 있다. 어느 밴드가 벽에 쭉 기대어 담배를 피우고 있다. 콘크리트 계단에 앉았더니 엉덩이가 차다.

"난 샤를로트라고 해."

여자는 그 말만 하고 입을 다문다. 샤를로트는 모든 점에서 곱고 섬세하다. 하늘하늘한 몸매, 긴 손가락, 약간 낮은 편인 목소리, 사람을 구경하는 태도나 그녀 자신이 시선을 받는 태도가 다 그렇다. 그녀는 말이 없지만 많은 말을 하는 것 같다. 침묵은 말할 수 없는 것까지 말한다.

"마르탱을 잘 아니?"

심장이 화들짝 놀란다. 나의 비극을 군이 언급해서 상처를 후벼 파고 싶은 건가? 난 고개를 끄덕인다. 그녀가 다시 입을 연다.

"마르탱, 참 괜찮지? 전에는 그렇게 생각하지 않았어. 그냥 마르탱을 비웃기만 했지. 마르탱이 쏟는 열정이라든가 그 모든 것을……"

나는 말하고 싶다. 내가 느끼는 대로 쏟아 내고 싶다. 말이나 생각이 금지된 것을 소리 질러 표현하고 싶다. 크게 쓴 '사랑해.'를 온 힘을 다해 목이 쉬도록, 그가 맞은편 벽에 나가떨어지도록 부르짖고 싶다. 그다음엔 그를 밟아줄 테다. 그러고 나서 자유로워질 테다. 내 손에 닿지 않는 것의 부스러기 따위는 버려두고 가 버릴 테다. 여자의 낮은 목소리가 나를 달래 준다.

"이제는 빈정대지 않을 거야. 마르탱에게 시간을 쏟을 거야. 먹을 것도 만들어 줄 테야. 시끄럽다고 뭐라고 하지도 않을 거야. 보잘것없는 나 하나만 생각할 게 아니라 마르탱을 보살펴야겠어. 지금까지보다 훨씬 더 잘해 줄 거야."

샤를로트는 우리가 아주 오래 전부터 아는 사이인 양 말한다. 그리고 난 나대로 그 말에 귀를 기울인다. 연적이기 이전에 친구가 된 여자의 말에, 나는 호의를 갖고 귀를 기울인다.

　'아스팔트 위의 망가진 놈들'의 두 번째 앙코르 무대다. 그들도 잘하긴 했지만 '비틀 블루스'에 비하면 발끝에도 못 미친다. '아스팔트 위의 망가진 놈들'은 찻잔이 흔들릴 만큼 강렬한 사운드를 들려주긴 하지만 우리 마음을 흔들진 못한다. 반면에 '비틀 블루스'의 보컬은 시적이다. 절망은 시적이다. 심사 위원이 토론을 하고 있다. 나트와 조는 맥주 거품을 핥으며 심사 결과 따위는 생각하지 않는 척한다.

　글쎄, 어떨까. 우린 정말 상관 안 한다. 그렇다고는 해도 약간의 희망은 가질 수 있지 않은가. 어쨌든 한 가지는 확실하다. 난 조금의 후회도 없다. 프랑수아도 결과를 기다린다.

좀 웃기는 것이, 프랑수아가 우리보다 더 '그 여섯 곡 녹음'에 목을 매는 것 같다. 프랑수아가 이 소리를 몇 번째 반복하는지 모르겠다.

"이봐, 너흰 진짜 잘했어. 나 참, 그렇게 잘할 줄이야."

프랑수아가 이렇게 중얼거리는 걸 들으니까 웃긴다. 아직도 산타클로스가 있다고 믿는 어린애를 보는 것 같다고 할까. 하지만 여기서 산타클로스는 좀 깨겠지.

나는 프랑수아의 세 가지 모습을 안다. 역사 수업 시간의 프랑수아는 차분한 목소리와 순수한 눈빛의 매우 단정한 선생님이다. 우리가 수업을 잘 이해하지 못하면 눈썹을 찌푸리고, 거의 모든 학생이 졸고 있으면(모범생과 맨 앞에 앉은 두 녀석만 빼고), 우리의 관심을 끌 만한 이야기를 찾으려고 고심한다. 그게 자기 일을 잘하고 싶어 하는 프랑수아의 첫 번째 모습이다.

집에서의 프랑수아는 좋은 남자이다. 모든 일을 잘하려고 노력하고, 식탁도 치워 주고, 말도 조심해서 한다. 우리 엄마에게 다정하게 대하되 내 눈에 거슬릴까 봐 정도를 지키려고 노력한다. 우리 집에선 담배 피울 엄두도 못 내고, 설거지를 하고 나서는 청바지에 손을 쓱쓱 문지른다. 내가 좀 태워 먹은 요리도 맛있다는 표정으로 먹는다. 그게 자신을 다스리는 프랑수아의 두 번째 모습이다.

그리고 여기 공연장에서 자신을 전혀 다스리지 않는 새로운 프랑수아의 모습을 본다. 열여섯 살 소년이 따로 없다. 음악이 나오면 리듬에 맞춰 머리를 흔들고, 눈에는 장난기가 보인다. 농담도 하고, 우리 엄마가 상대를 안 하면 바보처럼 흥분해 날뛰며 나한테 다가온다. 프랑수아 손에 기타를 들려준다면 우리와 호흡을 맞출 수도 있을 것 같다. 바로 그게 자연인 프랑수아, 남들이 자기에 대해서 뭐라고 생각하든 상관하지 않는 프랑수아의 세 번째 모습이다.

우리는 바에 팔꿈치를 괴고 기다린다. 머리칼이 반짝거리는 여자애가 보인다. 걔는 완전히 공연에 빠진 것 같다. 학교에서의 꼴찌 소녀와는 딴판이다. 그 애에게도 여러 가지 모습이 있었던 것이다. 그 애를 보고 있으니 자기가 언제 무대에 올라야 할지 몰라서 군중 사이를 헤매며 서커스 사장님을 애타게 찾는 어릿광대가 생각난다. 길 잃은 어릿광대라, 아름답지 않은가. 광대는 자기가 광대라는 것도, 우스운 분장을 했다는 것도 잊어버렸다. 모두가 자기를 쳐다보는데도 아무도 자기가 광대라는 걸 모를 줄 안다. 한 가지 차이가 있다면, 이 광대를 보고 웃는 사람은 아무도 없다는 것뿐이다.

심사 위원이 이제 막 무대 위로 올라왔다. 엄마는 이 자리에 없다. 분명히 결과를 보지 않으려고 어딘가에 숨었겠지. 엄마는 겁이 많다. 특히 점점 나쁜 상황으로 치닫는 교사와 학부모 상담 때문에, 그리고 이제 곧 닥칠 시험 때문에 더 그런 것 같다. 드니가 심사 위원 중앙에 서 있다. 서류 같은 걸 들고 서 있는 모습이 프로다워 보인다. 뮤직홀 사장이라는 사람이 입을 연다. 이 경연 대회를 주최하게 되어 자랑스럽다는 둥 어쩌고저쩌고 연설을 한다.

관객은 조용하다. 결과를 듣고 방방 뛰는 사람도 없다. 뮤지션도 다 나와 있다. 밴드마다 자기들끼리 딱 붙어 서서 결과에 개의치 않는다는 표정을 짓고 있다. 하지만 아무도 개의치 않을 수는 없다. 조와 나트가 마시던 맥주잔이 바에 놓여 있다. 이곳 전체가 '비튐 블루스'를 위해 존재한다. 모두 나름대로 별의별 이유를 들어 '이방'을 읊조리고 있다. 5분도 안 되는 시간 동안 이방이라는 이름을 최소한 열다섯 번은 들은 것 같다. 이건 1분당 세 번꼴로 그의 이름이 언급됐다는 뜻이다. 하지만 아무도 '마르탱'이나 '조'나 '나트'라는 이름은 부르지 않는다. 여기선 아무도 우리 이름을 모른다. 아니, 각자의 이름은 고사하고 우리 같은 아마추어 밴드의 이름조차도 모른다.

사장은 치와 뮤직홀 프로그래머에게 마이크를 넘겼다.

프로그래머는 앞으로 있을 공연 일정을 애기하면서 우승 팀을 뽑기가 매우 힘들었다고 한다. 꼭 무슨 정치 이야기를 하는 것 같다. 다만 여기 있는 사람들은 록을 사랑한다는 차이가 있을 뿐이다. 사운드 엔지니어도 할 말이 있는지 프로그래머에게 마이크를 넘겨받았다. 이제 뮤직홀 안에 있는 사람들은 숨조차 쉬지 않는다. 모두 참가자를 긴장시키려고 일부러 그런다.

나는 드니를 쳐다본다. 내 눈에는 드니밖에 안 들어온다. 그는 '로 조'의 보컬리스트이고 로 조는 그렇고 그런 시시한 밴드가 아니니까. 로 조는 남을 흉내 내지 않으면서도 자기만의 좋은 사운드를 찾아낸 멋진 밴드다. 로 조의 여성 보컬은 나보다 몸무게가 두 배는 나가는 거구다. 그녀는 드니의 아내이기도 하다. 록 밴드 보컬이 자기 여자가 그렇게 뚱뚱한데도 전혀 신경 쓰지 않는 것만 봐도, 사람이 정말 진실하고 겉모습 따위는 초월하지 않았나 싶다.

전에 거리에서 한번 드니와 그 아내를 본 적이 있다. 둘은 정말 멋졌다. 여자는 넉넉한 원피스를 입었고, 나와 눈이 마주치자 아랍 인 엄마 같은 서글서글한 미소를 지었다. 소위 말하는 예쁜 몸매에서 족히 40킬로그램은 더 나갈 텐데도, 그런 것쯤은 다 잊게 하는 아름다운 미소였다. 그리고 그녀는 감동에 젖어 노래할 줄 안다. 드니가 왜 그 여자를 사랑하게 됐는지 알겠다.

드디어 드니 차례다. 평소보다 더 쉰 목소리다. 자기 밴드와 함께 있을 때만큼이나 말수가 적다. 그의 눈이 번갯불처럼 번쩍거리는데 뭔가 영감이 떠올라서 그런 건지 화가 나서 그런 건지는 잘 모르겠다. 그는 심사가 몹시 어려웠다고 말하며, 치와와 뮤직홀 사장을 흘끗 쳐다본다. 그러고는 봉투를 개봉한다. 좀 웃긴다. 드니는 연주할 때보다 지금 더 긴장하는 것 같다. 그는 이 자리에 모인 뮤지션을 쭉 한번 훑어본다. 한순간, 그가 우리 밴드를 뚫어져라 바라보는 느낌이 들었다. 하지만 그건 정말 한순간이었고, 그의 시선은 '비툅 블루스'에게로 옮겨 간다. 술에 취한 한 남자가 소리를 지른다.

"어이, 이보쇼, 발표 안 합니까?"

어떤 사람이 킬킬대고 웃었고, 어떤 사람은 기침을 한다. 조명 기사가 분위기를 고조시키려고 여러 가지 빛을 쏜다. 빛이 서로 겹친다.

마이크 앞에 꼼짝 않고 서 있는 드니는 영 달갑지 않은 기색이다. 그가 다시 한 번 사장을 쳐다보자 사장은 짜증난다는 듯 인상을 확 구긴다. 드니는 바로 봉투 속의 심사 결과를 꺼내고는 차분하지만 또랑또랑한 목소리로 선언한다.

"우승 밴드는…… '비튐 블루스' 입니다!"

드니는 그렇게 말했다. 내가 미쳐서 헛것을 봤는지 모르지만 지금 이 순간에도 그는 이 현장에서 가장 어린 우리 셋을 보고 있는 것 같다. 관객이 소리를 지르고 휘파람을 불며 이방의 노래를 한 곡 더 듣자고 외친다. 내 옆에 있던 어떤 사람이 흐느껴 울면서 이렇게 말한다. "에니, 에니가 여기 있었더라면……." 당연한 결과라고 본다. '비튐 블루스'의 보컬은 좋은 사람이다. 그가 다시 일어설 수 있도록 도와줄 사람들이 이렇게 모여 있지 않은가.

나는 한 점의 후회도 없다. 오늘 저녁, 머리 위에서 하늘이 열리는 것을 보았다. 여섯 곡을 녹음하지 못한다고 해서 우리가 날아오르지 못할 리 없다. 나트와 조가 서로 주먹을 부딪치며 웃는다. 이방이 다시 무대 위로 올라왔다. 그는 아무 말이 없다. 고맙다는 말조차 없다. 이방이 기타를 잭에 연결하는 동안 다른 멤버도 자리를 잡는다. 이방은 사운드 엔지니어에게 신호를 보내고 하늘을 쳐다본다. 우리가 본 것과 같은 하늘이다. 그는 이제 막 그 하늘이 활짝 열렸다는 것을 알았을 것이다. 그는 기타 픽을 입에 문 채 조용하다. 리듬 기타가 '라' 음을 주고 밴드의 연주가 시작된다.

오늘 저녁에는 우리 모두가 승자다.

샤를로트가 내 손을 잡고 말했다.

"가야지."

무대 위에는 나이 많은 아저씨들이 쭉 늘어서 있었다. 난 그들이 벌거벗고 그렇게 서 있는 모습이 떠올라서 웃었다. 코가 큰 남자는 거기도 크다고들 한다. 그래서 코를 보고 대충 누구 물건이 제일 실할까 가늠해 본다. 교장 선생님 같은 얼굴로 말을 하던 아까 그 아저씨는 물건도 영 시원찮을 것 같다. 그의 뒤에서 아까 그 싸움꾼 같은 늙은 아저씨를 본 것 같다. 아저씨의 굳어진 얼굴은 최면에 걸린 사람을 연상케 한다.

샤를로트는 그에게서 눈을 떼지 않는다. 순간적으로 두 사람이 함께 있는 모습이 연상됐다. 가늘고 섬세한 여인과 사막의 여행자. 남자가 한 발짝 앞으로 나왔다. 이제 방랑자라기보다는 자신의 인생이 어떻게 종칠까 생각하는 마약 중독자에 더 가까워 보였다. 별의별 이야기가 다 얽혀 있는 얼굴은 가히 압도적이었다. 한 남자에 대해 지어낼 수 있는 사연이란 사연은 다 가능할 것 같은 얼굴, 다시는 그런 얼굴을 볼 수 없을 것이다.

엄마 아빠가 생각나서 심하게 부끄러웠다. 엄마 아빠는 저 방랑자 아저씨처럼 별난 데도 없고, 가냘픈 여자처럼 우아하지도 않고, 뮤지션처럼 당당하지도 않으니까. 또 누군가의 죽음에 마음 아파하지 않고, 삶을 충만하게 살아온 것도 아니다.

그는 무뚝뚝하니 봉투를 열고 '베통 béton 콘크리트 블루즈' 인지 뭔지 하는 괴상한 이름을 호명했다. 난 그게 밴드 이름일 거라고 생각했다. 콘크리트로 된 블라우스가 떠오르면서 꽤 흥미로운 비유라는 생각이 들었다. 우리 겉모습, (블라우스로 대표된) 우리 옷은 사실 엄청난 무게를 지니고 있는데 우리는 그 무게를 과소평가하고 있지 않을까.

어쨌든 오늘 공연이 뭔가 상을 두고 겨루는 자리였나 보다. 누군가가 상을 받았고 사람들은 함께 기뻐하며 난리법석을 피웠다. 에니의 남자 친구라는 그 보컬이 무대에 올랐다. 나는 다시 감격에 사로잡혔다. 그러한 감격은 엄청난 속도로 이 관객에서 저 관객에게로 전염되는 것 같았다.

샤를로트는 한숨을 폭 쉬고 누군가를 찾는 눈치였다. 나는 큰 소리로 샤를로트에게 혹시 에니를 아는지 물어봤다. 샤를로트는 깜짝 놀라는 표정을 지었다. 난 내가 방금 샤를로트에게 처음 말을 걸었다는 사실을 깨달았다. 그녀는 알아들을 수 없는 말을 쭈뼛거리더니 갑자기 얼굴이 환해졌다. 그녀의 미소가 누구를 향한 것인지 알 수 있었다.

마르탱 선생님이 기분은 좋지만 애석하다는 듯한 표정으로 우리에게 걸어왔다. 저만치 열광하는 관객의 팔꿈치와 무릎 틈에서 릴리의 모습을 본 것 같았다. 난 마르탱 선생님 커플에게 자리를 비켜 주었다. 상처를 입은 건지, 오히려 안도했는지 나도 내 마음을 알 수가 없었다.

　일이 일사천리로 흐르고 있다. 연주를 하기 전의 기다림은 두 번 겪을 일이 못 되지만, 무대 위에선 시간이 어떻게 흐르는지 몰랐고 지금은 정신을 차릴 수가 없다.

　드니가 우리에게 오더니 조를 따로 불렀다. 틀림없이 그 기타가 어디서 났는지 물어보려 했을 것이다. 어쨌거나 드니가 조에게 뭔가 감동적인 애기를 해 줬나 보다. 다시 돌아온 조는 거의 넋이 나가 있었으니까. 조는 아무 말없이 허공만 쳐다봤다. 난 왠지는 몰라도 조가 어딘가에서 할아버지와 만나고 있다는 생각이 들었다. 조가 처음 기타를 잡게 된 계기도 할아버지였다.

조의 할아버지는 폐가 부풀어 오르고 더 이상 가망이 없게 되자 조를 불러 달라고 했단다. 조는 그때 아주 어렸지만 다 기억하고 있었다. 아마 녀석은 기타를 칠 때마다 그때를 생각할 거다. 병원에서 할아버지는 조에게 벽에 세워져 있는 기타 케이스를 가져와서 열어 달라고 숨넘어가는 소리로 부탁했다고 한다. 조는 너무 어려서 '펜더'가 뭔지도 몰랐다. 하지만 할아버지하고 같이 살면서 음악은 무진장 많이 들었다. 조의 엄마 아빠는 조가 아기 때부터 할아버지가 레드 제플린, 딥 퍼플, 핑크 플로이드, 지미 헨드릭스, 그 밖의 좀 덜 유명한 뮤지션의 음악을 틀어 준다고 못마땅해했다. 하지만 엄마 아빠한테는 선택의 여지가 없었다.

조의 할아버지는 항상 껄껄 웃으며 이렇게 말하곤 했단다. "걱정 붙들어 매라. 난 이 녀석에게 고전을 틀어 주고 있는 거야!" 하지만 조의 엄마 아빠가 불시에 할아버지 집에 와 보니 아기 침대는 스피커 바로 옆에 있었고, 할아버지는 눈을 지그시 감고 안락의자에 앉아 음악 감상 중이었다. 그들 뒤 벽에는 펜더가 떡하니 걸려 있었다. "잔잔한 걸로 틀어 봤다. 슈퍼트램프의 〈스쿨〉이지. 너희 맘에도 들지?" 조의 엄마는 어쨌거나 대들지는 않았다. 두 분은 갓난쟁이를 키울 형편이 아니었다. 두 분이 강하게 반대하지 못하는 동안 할아버지의 록커 영재 만들기는 계속됐다. 그래서 조가 지금처럼 좋은 기타리스트가 된 거다.

병원에서 조는 기타 케이스를 열었고 할아버지는 손자에게 기타를 소중히 간직하겠다는 약속을 받아 냈다.

"여자는 영원히 붙잡아 놓을 수 있을지 없을지 결코 모르는 거다. 하지만 펜더는 평생 곁에 있어 주지. 펜더는 다른 놈에게 가지 않을 거다……."

할아버지가 기침을 했다. 그것이 조가 할아버지와 나눈 마지막 대화였다. 조는 자기 몸집보다 더 큰 기타와 할아버지가 자주 틀어 줬던 음반을 모두 물려받았다.

내가 들을 때마다 공연히 훌쩍거리게 되는 곡이 바로 슈퍼트램프의 〈스쿨〉이다. 노래가 멈추면 학교 운동장에서 뛰어노는 아이들의 목소리가 나온다. 사운드가 길게 끌리며 점점 더 커지고 무거워지면 기타 연주가 시작되고 베이스, 드럼, 보컬이 힘차게 다시 한 번 나온다. 그냥 멋진 곡이다. 난 그렇게 해서 뮤지션이 되기로 결심했다. 학교 운동장에서 뛰어노는 아이들의 목소리를 들으면서.

드니가 저쪽으로 갔다. 조는 여전히 말이 없었고, 우리는 굳이 무슨 말을 들으려고 하지도 않았다. 우린 바 옆에 있었다. 엄마와 프랑수아가 우리한테 왔다.

우리는 거기서 좀 더 있었다. 관객이 우리에게 와서 말을 걸었다. 뮤지션들이 엄숙한 표정으로 나와 악수를 하기도 했다. 나트는 '아스팔트의 망가진 놈들' 밴드의 드러머와 얘기를 좀 나누었다. '비툄 블루스'의 보컬은 보이지 않았다. 그들을 따라다니는 여성 팬들도 결국 공연장에서 떠났다. 난 잘 모르지만 그 팬들은 약간 실망하는 것 같기도 하고, 걱정하는 것 같기도 했다.

저쪽에서 우리 반 모범생을 본 것 같았다. 수업만으로 부족한지 프랑수아에게 보충 수업을 요구하는 그 여자애 말이다. 하지만 내가 잘못 봤을 거다.

우리는 매우 늦게 돌아왔다. 프랑수아는 우리 집에서 자고 갔다. 새벽 5시에야 나는 매트리스 옆에 앰프를 내려놓을 수 있었다. 수수 선생 수업, 두 시간밖에 못 자고 일어나면 꼴이 말이 아니겠지, 뭐 그런 생각을 하면서 잠이 들었다. 잠이 들어서도 내 머릿속에는 왜곡된 사운드와 하고 싶은 이야기가 들끓었다.

아이디어를 메모할 수첩을 사야겠다.

뮤지션들이 악기와 장비를 챙기고 있었다. 나는 릴리에게
그만 가자고 했다. 기운이 하나도 없었다. 지나치게 감정에
취했고 너무 많은 의문에 빠졌기 때문이다. 나는 엄마 아빠
를 생각했다. 두 분은 아마 내 걱정은 하지 않고 이미 잠들어
있을 거다. 릴리는 서둘러 떠날 마음이 없었다. 그 애는 최면
에 걸린 것처럼 느릿느릿 걸었다. 나는 '뭐든지 자기가 결정
해야 직성이 풀리는 친구' 역할을 했고, 릴리는 아무 말없이
따라왔다. 바 옆쪽으로 지나오다가 스머프 보컬과 샤를로트
를 얼핏 본 것 같았다. 선생님도 아마 멀지 않은 곳에 있었겠
지만 난 그들을 외면했다.

주차장에서 히치하이크를 했다. 첫 번째 차가 우리를 태워 줬다. 뒷좌석에 네 명이 비좁게 앉아 있었는데, 모두 오늘 밤 공연의 기억을 떨치지 못해 아무 말도 하지 않았다. 나는 릴리의 무릎에 앉았기 때문에 차 천장에 머리가 닿았다. 운전수는 차를 살살 몰았고 조수석에 앉은 여자가 앞 유리창을 닦았다. 우리는 아무 말도 없었지만 기분은 좋았다. 난 자유로운 기분, 거의 모험가가 된 듯한 기분을 느꼈다. 릴리는 창밖으로 스쳐 지나가는 밤 풍경만 바라보았다. 릴리도 꿈을 꾸고 있던 것이다.

릴리와 나는 한 침대에 딱 붙어서 잤다. 릴리가 우리 집에서 자고 갈 때에는 항상 이렇게 잔다. 또래 여자애들이 다 그런지는 모르겠지만 우리에겐 자연스러운 일이다. 평소에는 침대에서 수다를 떨곤 한다. 아니, 수다는 주로 내가 떨고 릴리는 들어 주는 편이다. 하지만 이번에는 나도 말이 없었고 릴리도 마찬가지였다. 우리 비밀은 입 밖으로 내기에 너무 무겁거나, 오늘 밤 끝을 보기에는 너무 길었다.

릴리가 잠이 들었다. 반짝이는 머리칼을 늘어뜨린 채 베개를 가슴에 안고 쪼그려 자는 릴리는 작고 어린 여자아이 같다. 나는 보름달과 이리저리 오가며 그 달을 숨겼다 보였다 하는 구름을 구경했다. 달은 아주 조금씩 움직일 뿐, 한결같

은 모습이었다. 조금씩 제자리에서 벗어나는 달처럼 나도 내
자리에서 벗어난 기분이 들었다.

　아무도 그걸 몰라서 그렇지.

  프랑수아가 학교까지 태워 줬다. 학교까지 가는 동안 우리가 한 집에 살게 되는 거냐고 물어보고 싶었지만 입이 떨어지지 않았다. 내가 확실히 미쳤나 보다. 우리가 신세를 지거나 손 벌리는 분위기는 되기 싫었다. 괜히 프랑수아가 부담을 느끼게 될지도 모르니까. 나는 첫 번째 모습의 프랑수아를 관찰했다. 깨끗한 청바지, 다림질한 셔츠, 윤기 나는 머리, 우리를 어디로 인도해야 할지 잘 아는 열심 교사의 표정. 프랑수아에게 물었다.

  "왜 교사가 됐어?"

  프랑수아는 희미하게 웃었다.

"구실이 생기니까."

난 더 이상 캐묻지 않았다. 프랑수아는 어젯밤에 나만큼도 못 잤을 거라는 생각이 들었다. 그는 말을 이었다.

"젊은 사람들하고 지내며 좋은 때를 함께할 수 있는 구실 말이야. 그래, 별 볼일 없는 답변이지만 정말 그게 이유였다고 생각해. 그리고 역사라는 것은 사람의 이야기거든. 우리의 폭력, 권력욕, 환상, 위대한 꿈, 광기 어려 있는 그 모든 것이 역사야. 그리고 한 사람은 곧 하나의 대륙이고. 너도 하나의 대륙이잖아?"

나는 웃음을 터뜨렸다.

"아니, 난 아직 똥오줌도 못 가려!"프랑수아는 'continent'를 '대륙'
이라는 뜻의 명사로 사용했는데, 마르탱은 '자제하는'이라는 뜻의 형용사로 받아들여 그것의
부정형인 '자제하지 못하는'이라는 뜻의 'incontinent'로 말장난을 친 것이다 - 옮긴이

프랑수아는 차를 세우고 변속 기어에 손을 얹은 채 가만히 있었다. 차에서 내리기 싫은 사람 같았다. 바로 그때 반짝이 소녀와 모범생이 보였다. 반짝이 소녀는 멍하니 앞으로만 걸어갔고, 모범생은 옆쪽을 쳐다보며 걸었다. 모범생은 어기적 어기적 걷는 것처럼 보였다. 그 애를 보고 있으려니 기분이 이상했다. 언제나 자신만만한 모범생이 그러는 모습은 처음 보았기 때문이다. 뭐랄까, 발에 상처를 입은 야생 동물이 자

기를 잡아갈까 봐 몸부림치는 것 같다고 할까. 난 아무것도 못 본 체하고 프랑수아에게 인사했다.

수수가 지난번에 걷어간 대수학 답안지를 돌려줬다. 난 20점 만점에 1점을 받았다. 수수도 아무 말 안 했고 나도 가만히 있었다. 손목시계를 보았다. 어제 관객을 관찰했을 때를 떠올렸다. 내가 여기서 뭐 하고 있는 거야? 여름 방학까지 얼마나 남았는지 헤아려 본다. 난 꼴찌잖아, 내가 학교에서 할 일이 뭐가 있어. 프랑수아조차도 나의 백지 답안에 점수를 매기느라 진땀을 뺐잖아. 난 낙오자다. 그건 확실하다. 완전히 뒤떨어져 있다.

꼴찌 소녀의 등짝과 머리칼을 보았다. 꼴찌 소녀는 7점을 받았다고 좋아하지만 나 못지않게 갈피를 못 잡고 있다. 그 애가 눈빛으로 했던 말을 다시 생각한다. '못난 사람들도 잘하는 게 있는 법이야.' 어제의 피곤 때문인지 추억 때문인지 모르겠지만 내가 한없이 작게 느껴진다. 난 너무 하잘것없어서 누구의 부탁을 들어줄 만한 주제도 못 된다. 일어서고 싶다. 수수에게 "제기랄." 하고 내뱉고는 가방을 챙겨서 의자가 넘어가도록 자리를 벌떡 박차고 일어나고 싶다. 우리반 모르는 친구들에게 내 진심을 목이 쉬도록 외치고 싶다.

그리고 이제 다시는 이 콘크리트 건물에 발을 들이지 않았으면 좋겠다.

그게 내가 원하는 건데, 정작 난 가만히 앉아서 손목시계만 본다.

오늘 아침엔 주차장 쪽으로 돌아서 왔다. 마르탱 선생님을 우연히 만나서, 어제 내가 꿈을 꾼 게 아니라는 말을 듣고 싶었기 때문이다. 릴리는 발걸음을 재촉했다. 그 애는 아침에 아주 기분 좋게 일어났다. 욕실에서도 내처 흥얼거리고, 아침밥을 먹을 때에는 우리 엄마 아빠에게 친딸이라도 되는 양 뽀뽀까지 했다. 난 엄마 아빠에게 뽀뽀 따위는 하지 않는 딸이다. 엄마는 어제 저녁 내내 훌쩍거리면서 걱정을 했단다. 아빠는 스트레스 때문에 평소보다 더 시끄럽게 코를 골았고.

릴리는 깔깔대고 웃었다. 나는 잔뜩 부은 눈을 뜨고 있는 것만도 힘들었다. 잠을 잔 것 같지가 않다. 겨우 눈을 붙이려는데 날이 밝았다.

마르탱 선생님의 차를 발견한 순간, 차 안에 선생님만 있는 게 아니라는 것도 알아차렸다. 처음에는 선생님이 누구랑 카풀을 하나 보다 생각했다. 선생님의 평소 지론과도 어울릴 법한 일이었다. 나는 내가 제일 좋아하는 선생님과 같은 차를 타고 출근하는 행운아가 누구일까 궁금해서 일부러 걸음을 늦추었다. 선생님은 대화를 나누고 있었다. 그 대화가 순수한 것에 지나지 않는다는 것을 알면서도 나도 모르게 가슴이 콱 막혔다. 문제의 행운아는 머리를 어중간하게 기르고 있었다. 그는 소리 내어 웃고 있었던 것 같다. 문을 열고 차에서 내린 사람은 어제 그 보컬 소년이었다.

난 이해할 수 없는 현실 앞에 주춤했다. 뭐지? 저 보컬이랑 마르탱 선생님이 같이 뭐 한 거야? 릴리를 불러 멈추게 하고 싶었지만 그 애는 허공에 대고 혼자 떠드느라 내가 뒤처진 것도 모르고 있었다.

순간적으로 나는 생각했다. 세상이 거꾸로 돌아가는구나. 릴리는 내 자신감을 훔쳐 갔고, 난 물렁한 인간이 되어 버렸어.

보컬 소년이 내렸다. 아스팔트 바닥에 부딪치는 그 애 발소리를 들었다. 나도 차분하게 발걸음을 재촉했다.

수 선생님이 답안을 돌려준다. 아부쟁이들이 발을 동동 구른다. 선생님은 우리 성적이 마음에 안 드는 모양이다. 선생님이 내 쪽으로 와서 조심스럽게 답안지를 건네준다. 왼쪽 상단에 빨간색으로 쓰고 줄을 그은 18.5점이 보인다. 20점 만점에 18.5점. 선생님은 나에게 미소를 짓는다.

난 점수에 관심 없다. 좀 더 기뻐할 수 없는 나 자신이 원망스러울 지경이다. 더구나 릴리는 오늘 아침에 이상하게 자리까지 바꿔 앉고 나에게 손가락으로 숫자 7을 그려 보이며 대놓고 좋아하고 있지 않는가. 선생님이 멈춰 섰다.

"릴리, 자랑할 것도 어지간히 없구나! 아니면 네가 소박하다 못해 좀 우스울 지경이라고 봐야 하는 거니?"

보컬 소년은 내 앞자리에 엎드려 있다. 선생님이 지금 막 그 애 답안지를 무뚝뚝한 태도로 돌려줬다. 아무렇게나 기른 곱슬머리가 어깨에 흐트러져 있다. 머리카락 한 올이 등에 떨어졌다. 보컬 소년이 손을 올려 목덜미를 만진다.

난 어제 공연을, 이 아이가 한 말을 생각하며 슬퍼진다. 이유 없는 슬픔이 나를 사로잡는다. 어제 얘가 했던 얘기를 오늘 비로소 이해하게 된 것 같다. 어제 같은 날이 진짜로 있었나 싶다. 보컬 소년이 답안지를 손에 든 채로 뒤돌아보면서 대뜸 묻는다.

"너 어제 공연장에 오지 않았냐?"

　난 알고 싶었고 그래서 그 애에게 물어봤다. 어제 내가 본 게 모범생이었다면 입을 다물게 해야겠다는 생각을 했기 때문이다. 하지만 물어보면서 바로 알았다. 모범생이 평소와는 다른 눈으로 나를 보고 있었고, 그 애도 어째 똑똑해 보이지만은 않았다. 모범생은 연필을 슬쩍 깨물며 그렇다고 대답하고는 자기 답안지를 보지 못하도록 뒤집었다. 그 애는 굉장히 생각이 많은 것 같았다. 더 이상 말이 없던 그 애가 마침내 이렇게 속닥거렸다.

　"너희 밴드 끝장이더라."

　나는 이 말을 다른 사람이 한 게 아닌지 딴 데를 쳐다보지 않을 수 없었다. 모범생이 웃으면서 설명했다.

"내 말은 네가 부른 노랫말도 정말 감성이 풍부했고, 무대 위의 당당한 네 모습도 보기 좋더라는 뜻이야."

모범생이 눈치를 주었다. 수수가 목을 긁으며 다시 이쪽으로 오고 있었다.

희한하다. 난 왜 모범생이 수업 시간에 항상 내 뒤에 앉는다는 것을 여태껏 몰랐을까. 역사 시간에도 모범생은 같은 자리에 앉았다. 불편했다. 왠지 감시당하는 기분이었다.

나는 4분의 3박자에 맞춰서 어떤 남자에 대한 노랫말을 생각하고 있었다. 1914년 세계 대전에 참전한 남자는 아내에게 매일 두 문장씩 쓰기로 결심을 한다. 남자는 참호 근처에 구덩이를 파고 그 안에 자신의 수첩을 감춘다.

이 대목까지 상상했을 때 프랑수아의 짜증난 얼굴이 눈에 들어왔다. 나는 그가 짜증내는 모습을 본 적이 없었다. 워낙 피곤해서 그러려니 생각했는데, 내가 고개를 든 순간, 이런 말이 들렸다.

"내 얘기가 너희랑 전혀 상관없다 이거냐? 수업은 여기서 그만두고 내가 한 시간 동안 뭐라고 떠들었는지 기억나는 대로 전부 써 보는 건 어떨까?"

나는 프랑수아를 쳐다보았다. 그러고는 문제가 뭔지 알아차렸다. 첫 번째 모습과 세 번째 모습이 뒤섞여 있었다. 아니, 세 번째 모습이 오히려 우세해져서 '지금 내가 여기서 뭐 하는 건가.' 회의를 느끼는 중이었다.

나는 모범생의 반응을 보려고 뒤를 돌아보았다. 모범생은 입을 떡 벌리고 눈물이 그렁그렁한 눈으로 프랑수아를 보고 있었다. 나는 생각했다. 인간적으로 저렇게 맛이 갈 수 있는 여자애는 없을 거야. 다른 애들은 장난을 치면서 필통을 뒤지거나 부스럭대고 있었다.

프랑수아는 앉아서 더 이상 아무 말도 하지 않았다. 왜 선생님이 됐는지 모르겠다는 딱 그 표정이었다. 아침에 괜히 그런 걸 물어본 나 자신이 원망스러웠다. 마침내 교실이 조용해지자 프랑수아가 나지막하게 중얼거렸다.

"너흰 함께 있는 게 아냐. 저마다 자기 자리에만 머물러 있지. 참호 속의 병사를 하나로 이어 주는 그 끈을 너흰 이해 못할 거다."

그다음에 프랑수아는 2인 1조로 수업을 진행하겠다고 얘기했다. 하지만 아이들이 또 왁자하니 시끄러워졌고, 프랑수아는 이렇게 말했다.

"짝을 지어 봐. 조별 과제를 해 보자."

하지만 아무도 움직이지 않자 프랑수아가 다시 재촉했다.

"자기가 원하는 사람하고 짝을 하라고."

의자가 끼익하는 소리가 났다. 바로 내 뒷자리에서만 나는 소리였다. 뒷자리의 모범생이 나에게 물었다.

"나랑 할래?"

모범생은 더 묻지도 않고 냉큼 내 옆에 와서 앉는다. 두 번째 의자가 움직이는 소리가 났다. 꼴찌 소녀가 자기 친구처럼 첫 번째 줄 남자애 옆으로 이동했다. 다른 아이들은 여전히 움직이지 않았다. 프랑수아가 그 애들에게 다가가서 짝을 정해 주었다.

"너랑 너, 너랑 너."

그는 가까이 앉은 애들끼리 짝을 지어 주고 조별로 모이라고 했다. 프랑수아는 완전히 자신감을 잃은 듯했다. 아무도 자기 수업에 관심이 없음을 이제 겨우 깨달은 것처럼 말이다. 아이들은 짝을 찾아 이동했다. 서로 어울리지 않는 조들이 만들어졌다. 하지만 나와 모범생만큼 안 어울리는 조가 또 있을까. 우리 둘 다 앞으로 고생문이 훤할 거라는 확신이 들었다.

　나는 1초도 망설이지 않았다. 마르탱 선생님이 컨디션이 좋지 않다는 것은 금세 알 수 있었다. 선생님은 말을 더듬거렸고 문장을 쥐어짜느라 자꾸 헤맸다. 쩔쩔매는 그의 모습에 마음이 움직였다. 나는 선생님이 애처로울 정도로 심각한 사랑에 빠진 거라고, 어느 여인의 눈부신 아름다움에 홀린 나머지 섹스조차 할 수 없게 됐다고 상상했다. 욕망도 지나치면 페니스의 해면체에 피가 도달하지 못할 수 있나 보다. 나는 장차 사랑하는 남자의 마음을 잘 달래서 욕망을 마음껏 불사르게 할 수 있어야 할 텐데.

　선생님이 짝을 지으라고 했을 때 난 다름 아닌 선생님과

짝이 되고 싶었지만 서둘러 보컬 소년을 택했다. 어쨌든 그
보다 더 나은 선택은 있을 수 없었다. 답이 저절로 나올 일이
었다.

마르탱 선생님은 우리에게 조별 공동 과제를 내주었다. 나
는 단짝 친구인 릴리를 저버린 셈이었지만, 릴리도 금세 매사
에 열의를 불태우는 맨 앞줄 아부쟁이와 한 조를 하겠다고 나
섰다. 보컬 소년은 벙어리처럼 아무 말도 안 했고 수업은 다
시 진행되었다. 그 애는 손을 가만두지 못하고 네모 무늬 종
이를 계속 손가락으로 가볍게 쳤다. 수업 종이 울리자 선생님
은 우리에게 행운을 빈다고 했다. 어떤 아이가 질문을 했다.

"행운이요? 무슨 행운요?"

"너희 발표 말이야. 전쟁 중 참호 속의 인간관계라는 주제
에 대해서 자유롭게 발표 준비를 해 오라고."

선생님은 그러고 나서 뭐라고 중얼거렸는데 그 말은 못 들
었다. 자신에게 의문이 들 때, 회의에 빠져 흔들릴 때, 불확
실성을 견디다 못해 이마에 주름이 잡힐 때, 그럴 때의 그는
참 멋있다.

보컬 소년은 하품을 했다. 나도 하품을 했다. 참호 속의 병
사도 전쟁을 치르면서 참 피곤했을 거라는 생각이 들었다.

여자애들이 모여서 담배 피우는 장소까지 릴리와 함께 갔다. 실업 반 여자애가 나에게 섹스에서 숫자가 어떤 쓸모가 있는지 좀 기술적인 질문을 던졌다.

"수학을 전혀 못하는 여자애도 69 체위는 할 수 있단 말이지?"

그중 한 여자애는 자신만만하게 외쳤다.

"그런 숫자라면 내가 좀 짱이지, 난 95에 D컵이거든!"

모두 깔깔대고 웃었다. 릴리와 나는 A관 쪽으로 걸어갔다.

"넌 분명히 앞으로의 일을 내다보고 있겠지."

릴리가 커다란 눈으로 내 속을 들여다보고 있었다. 난 오늘 아침의 마르탱 선생님 모습을 더 이상 생각하고 싶지 않았다. 잊을 수 있다면 좋았을 것이다. 눈 깜짝할 사이에, 그의 이미지도, 나의 욕망도. 릴리가 조심스럽게 담배꽁초를 밟아서 껐다.

"게다가 마르탱의 집에도 가게 될 거고 말이야."

난 이제 다 끝났다고, 완전히 종 친 얘기라고 소리 지르고 싶었다. 그의 방을 구경하며 감탄하거나 텅 빈 냉장고를 들여다보며 한숨짓는 일 따위는 영영 일어나지 않을 거라고. 릴리는 성큼성큼 앞장서 걷다가 갑자기 휙 뒤돌아보았다.

"당연히 넌 그 집에 가겠지. 그건 하얀 종이에 쓴 검은 글씨만큼 확실한 일 아니겠어!"

164

난 그 애가 이렇게까지 작다는 걸 지금껏 몰랐다. 걔랑 내가 나란히 걷고 있다니 웃긴다. 나는 걸음을 좀 늦춰 준다. 그 애는 아무 말도 없다. 이따금 머리칼을 귀 뒤로 넘기고 바람에 머리칼이 날릴까 봐 걱정되는지 고개를 숙인다. 갑자기 내가 되게 큰 것 같다. 20센티미터쯤 훌쩍 자라서 가슴을 더 쫙 펴고 당당하게 걸어가는 기분이다. 마치 내 워시번 베이스를 잡고 있을 때 이런저런 생각이 스쳐 가는 것과도 비슷하다.

오늘 아침 일어날 때에도 그런 기분이 들었다. 나는 프랑수아가 커피 냄새를 맡고 일어나길 바라는 마음에서 손수 커피를 끓였다. 끝내주는 콘서트를 치르고 나서 친구들을 자기 집에 재워 준 어엿한 남자가 된 기분이 들었다. 둘은 엄마의 복도 방에서 잤다. 나는 소리 내지 않으려고 살금살금 침대를 지나 주방 조리대로 갔다. 내무반 책임자가 된 기분이었다. 아무 소리도 나지 않았고 아무 일도 없었지만 오렌지를 짜서 주스를 만들고 싶었다. 두 시간밖에 못 잤어도 좋아하는 사람을 위해서 오렌지 주스를 만들고 싶은 마음, 어쩌면 그 마음이 행복이 아닐까.

모범생은 계속 말이 없다. 애가 옷 입는 스타일이 아주 재미있다. 록큰롤 스타일과 고딕 스타일을 조금씩 매치시킨 것 같다. 소매가 아주 긴 풀오버 네크라인 안쪽으로 검정색 브래지어 끈과 살갗에 난 점이 보인다. 모범생이 내 시선을 느꼈는지 가위로 아무렇게나 자른 네크라인을 추켜올린다.

엄마가 우리 둘에게 인사를 한다. 엄마의 책상 겸 침대에는 프린트가 마구 널려 있다. 엄마는 벽에 기대어 앉아 열심히 공부한다. 시험이 얼마 남지 않았기 때문이다.

"녹차 줄까?"

모범생이 대답하지 않는다. 나는 박하를 넣은 녹차를 만든다. 하지만 난 생박하가 아니라 말린 박하 잎을 쓴다. 그 애는 방석에 앉아, 화분을 놓아둔 발코니로 향하는 통유리 창을 바라본다. 나는 생각난 김에 화분에 물을 준다. 무슨 바람이 불었는지는 모르지만 살림을 하고 싶다. 기분이 정말 좋다. 내 특기인 멕시코 요리도 맛있게 만들 테다. 엄마는 자료를 들여다보느라 고개도 들지 않고 있다.

나는 물뿌리개를 들고 발코니에 서 있고, 모범생은 아직 가방도 열지 않았다. 안으로 들어가 보니 그 애는 방석을 베개 삼아 카펫 위에 누워 있다. 나는 엄마 침대에서 이불을 가져와 그 애에게 덮어 주고 다이어 스트레이츠의 〈브라더스 인 암즈〉 음반을 튼다. 찻물이 가볍게 찰랑거리고, 밖에서는 햇살이 대지에 가 닿고, 엄마는 나를 보고 미소 짓는다.

파히타 고기나 채소를 옥수수 전병에 싸서 사워크림이나 소스를 얹어 먹는 멕시코 요리 - 옮긴이 에 뭐랑 뭐가 들어가더라?

　그 애가 발표에 대해 함께 생각할 겸 자기네 집으로 가자
고 했을 때 나는 몹시 피곤했다. 어제 저녁 공연, 그 후에도
달을 보며 밤을 새다시피 했으니 그럴 수밖에. 하지만 못 가
겠다는 말은 감히 할.수 없었다. 그 애가 입가에 조그만 볼
우물을 지으며 웃고 있는 걸 알았으니까. 얘가 웃는 모습은
한 번도 못 봤지 싶다. 어제 공연에서조차도 얘 얼굴은 심각
했다.

　하지만 그 애 볼우물 때문에 결심이 섰던 건 아니다. 그건
단지 사소하고 아무것도 아닌 일이었다. 어젯밤을 기준으로
난 모든 확신을 잃어버렸기 때문이다. 나의 환상조차도 이제

는 구체적이지 않다. 꿈을 꿀 기력조차 없단 말이다. 오늘 아침에는 팬티조차 갈아입지 않았다. 만약 사고를 당해도 할 수 없다. 지쳤나 보다. 나 자신에게, 내 삶에, 지독한 헛고생에 지쳤다.

마르탱 선생님 차는 제자리에 주차되어 있었다. 선생님과 마주치면 좋을 텐데. "카퓌신, 무슨 안 좋은 일 있니?" 그렇게 물어봐 주면 좋을 텐데. 선생님이 나를 자기 집에 데려가 차를 끓여 주면 좋을 텐데. 남자로서의 욕망과 상관없이 그냥 날 안아 주면 좋을 텐데. 선생님이 그렇게 내 기분을 달래 주기만 해도 내 상처는 다 아물 텐데.

하지만 우리는 선생님을 보지 못했다.

보컬 소년의 집은 꽤 멀다. 애는 걸음이 빠르다. 저 혼자 막 가다가 문득 내 생각이 나면 뒤돌아서서 기다려 주고, 그러다 다시 갈 길을 가고 그런다. 바지는 너무 헐렁하고 옆으로 비스듬히 둘러멘 가방은 엉덩이에 축 늘어져 있다. 나는 '가방끈 bandoulière'라는 단어에 'band'라는 단어가 들어가 있다는 데 생각이 미쳤다. 하지만 두 단어의 관계는 모르겠다. 명쾌한 설명을 떠올리며 재미있어 하기에는 지금 내 컨디션이 너무 안 좋다.

집에 도착해서 먼저 문을 밀고 들어간 그 애가 나를 복도로 들어오라고 한다. 애는 문을 열면서 우리가 보통 열쇠라고 부르는 것을 사용하지도 않는다. 세 개의 잠금장치에 안전 체인까지 걸려 있는 우리 집 대문이 생각난다.

그 애가 외친다.

"하이, 에브리바디!"

나는 그 애를 따라 내 방만 한 작은 공간에 들어선다. 작은 유리문이 발코니로 나 있다. 거실은 예쁘게 꾸며져 있다. 야트막한 탁자, 쿠션, 카펫뿐이지만 아늑하니 좋다. 그 애가 마실 것을 권한다. 방향제로 쓰는 아르메니안 페이퍼 냄새가 난다. 오줌이 마려워서 화장실 문이 어디 있나 두리번거리는데, 어떤 여자가 내 눈길을 확 사로잡는다.

"안녕!"

여자는 다시 잔뜩 쌓여 있는 구겨진 종이로 시선을 떨어뜨린다. 그 여자다. 그 여자다. 난 이제 내가 누구인지도 모르겠다. 나도 '안녕, 샤를로트!' 라고 대꾸할 수도 있었을 거다. 나는 경직되었다. 샤를로트는 벌써 내 존재 따윈 잊어버렸다. 머릿속이 복잡하다. 어여쁜 여인, 에니, 이 여자가 진짜 에니의 친구인지 아닌지도 모르겠다. 내가 물어보기는 했던 것 같은데. 보컬 소년과 스머프가 동일 인물인지도 모르겠다. 마르탱 선생님, 릴리, 에니와 사귀었다는 다른 보컬, 방랑자 아저씨, 치와와 사장, 그 사람 코가 길쭉했던가? 우리 엄마, 엄마가 복용하는 수면제, 아빠의 요란한 트림 소리와 코 고는 소리, 다시 릴리에 대한 생각, 릴리는 샤를로트가 에니의 친구이자 스머프의 엄마인 줄 알았을까? 만약 샤를로트가 마르탱 선생님의……

향신료 냄새가 코를 자극한다. 배가 고프다. 배고파 죽겠다. 어느새 밤이다. 나는 마르탱 선생님 집에 와 있다. 선생님이 말을 건넨다. 나에게 괜찮은지 묻는다. 선생님은 기분이 좋다. 날 보고 미소 짓는다. 내 옷을 벗기는 듯한 시선은 아니지만 그래도 선생님이 축축해진 재킷을 벗겨 주긴 한다. 춥고 배고프다. 샤를로트가 내 머리칼을 어루만지며 선생님에게 말한다. "얘 좀 부탁할게……" 샤를로트는 선생님에게 내가 어디 사는지 아느냐고 묻는다.

음악이 참 좋다. 따뜻하다. 슬프다. 눈물이 난다. 내가 우는 건지 모르겠다. 맞다, 내가 우는가 보다. 누군가가 노래한다. 미안해, 릴리, 널 배신해서 미안해. 그런데 내가 무슨 배신을 했지? 그래, 조별 발표, 군인들. 군인들은 절대 섹스를 하지 않아. 그런데 '후퇴 dèbandade' 라는 단어에도 'band'가 들어가는구나. 난 팬티를 갈아입지 않았어. 선생님이 내

팬티를 볼 텐데. 혹시 나 생리 중이었나? 팬티에 피가 묻었으면 어쩌지? 싫어, 싫어. 선생님의 손. 당신의 손을 원해. 미안하지만 나도 반말할 거야.

　당신을 사랑해.

나는 다진 고기와 고추를 사러 슈퍼에 갔다. 모범생은 자고 있었다. 발표 준비를 하자고 그 애를 깨우진 않았다. 슈퍼에 가는 길에 발표에 대한 아이디어가 떠올랐다. 우리가 함께 곡을 쓰고 연주를 하면 어떨까. 내 마셜 앰프를 학교에 가져가면 된다. 모범생에게 기타 코드를 세 개만 가르쳐 줄까 하는 생각까지 들었다. 그런 생각을 하니 재미있다. 발표도 해결되고 재밌기까지 할 것 같다. 내 마음에 쏙 드는 생각이다. 하지만 조금 걸리는 부분이 있다. 과연 모범생이 그런 걸 하겠다고 할까?

집에 도착해 보니 그 애는 여전히 자고 있었다. 이제 막 퇴근하고 돌아온 프랑수아가 물었다.

"여자 친구냐?"

프랑수아는 껄껄 웃었다. 난 웃지 않았다.

"우리를 공동 발표로 엮지만 않았어도 좋았잖아! 재는 워낙 열심히 하는 애라서 우리 집에서 수업하자고 하면 어떡해!"

난 이 말을 하고 멈칫했다. 내가 방금 '우리 집'이라고 했으니까. 프랑수아와 나 사이에 침묵이 감돌았다. 조금 있다가 프랑수아가 재킷을 엄마 침대에 내려놓았다가 서둘러 다시 재킷을 가지러 갔다. 그 침대가 엄마의 공부방이기도 하다는 것을 깜박 잊었나 보다. 엄마는 침대에 축 늘어져 있었다. 프랑수아가 퇴근을 하면 엄마는 조금 살아난다. 프랑수아가 말했다.

"정말 좋아."

처음엔 우리 엄마한테 하는 얘긴 줄 알았는데, 프랑수아는 오디오를 가리키며 다이어 스트레이츠의 〈브라더스 인 암즈〉 리프를 흥얼거렸다. 프랑수아가 오디오 볼륨을 높였다. 나는 다진 고기를 볶다가 향신료를 부었다. 프랑수아가 도와주겠다고 나섰고 엄마도 조금 작은 목소리로나마 돕겠다고 하기는 했다. 나는 괜찮다고 했다.

프랑수아는 빈 방석에 앉아서 잠자는 모범생을 유심히 보았다.

"애가 얼굴이 시뻘겋잖아."

프랑수아가 모범생의 이마를 짚어 보았다.

"이런, 불덩이야."

난 지금 말하고 있는 사람이 첫 번째 프랑수아인가 두 번째 프랑수아인가 궁금했다. 엄마가 일어났다. 엄마는 젖은 면장갑을 가져다가 그 애 이마에 얹어 주었고, 프랑수아는 음악 볼륨을 낮췄다.

엄마와 프랑수아가 모범생을 돌봐 주는 걸 바라보면서 둘이 아기 보는 모습을 상상했다. 희한한 기분이 들긴 했지만 그런 상상은 좋았다. 특히 프랑수아는 밤마다 아주 바보 같은 이야기를 할 것 같았다. 갓난아기를 재운답시고 《용사들의 편지 모음》 같은 걸 읽어 줄지도 모른다. 프랑수아는 모범생을 깨우려고 했지만 엄마가 막았다.

"지금은 푹 자는 게 나아."

바로 그 순간, 두 사람은 나를 외계인, 그것도 아주 희한한 외계인 보듯 바라보았다. 엄마는 나에게 윙크를 했고 프랑수아는 세 번째 모습으로 돌아가서는 이렇게 말했다.

"넌 좋겠다!"

엄마는 몰래 웃었고, 나는 은근히 짜증이 났다. 엄마가 이

리 오라고 손짓을 했다. 모범생이 잠꼬대를 중얼댔다. 그 와
중에 계속 되풀이되는 말이 있었다.

"…… 병사 …… 스머프…… 마르탱…… 사랑해……."

난 파히타를 마저 만들러 갔다.

다진 고기가 눌어붙었다.

그의 손가락이다. 그의 손이 내 손등을 어루만진다. 어떤 음반에서 부드럽게 떨리는 기타 연주가 흘러나온다. 점점 더 부드럽게 나를 쓰다듬는 손. 내가 마르탱 선생님을 두고 품 었던 모든 상상을 뛰어넘을 정도로 손길이 부드럽다.

한 남자가 슬프고 다정하게 읊조린다. 그는 전쟁과 싸움터 로 떠나간 형제를 노래한다. 기타가 그의 목소리와 어우러지 고, 손가락은 내 손등 위를 오가며 동그라미를 그린다. 그 동 그라미 속에 나라가 있다. 핏줄이 파랗게 비치는 손등에 지 구가 그려진다.

머리를 찧고 운다. 난 그렇게 울어 본 적이 없다. 평생 나 자신을 다잡고 살았는데, 지금 속을 깨끗이 비워 낸다. 온 세상에 비를 뿌리거나 바다가 될 수도 있을 것 같다. 베이스 사운드가 나지막하니 반복된다. 남자가 노래하는 혼돈 속에서 그 편안한 베이스가 위안이 된다. 음악이 끝났다가 다시 나온다. 누가 반복 재생을 걸어 놓았나 보다. 천둥 치는 소리가 난다. 〈브라더스 인 암즈〉의 전주에 천둥소리가 나옴 - 옮긴이

마르탱 선생님이 내 손을 잡고 있다. 나는 집에 있다. 난 가족을 버렸는데 우리 집에 와 있는 것처럼 마음이 편하다. 군침 도는 냄새가 코를 간질인다. 물이 관자놀이로 흘러내리며 눈물의 짠맛을 닦아 낸다.

"괜찮니, 카퓌신?"

단순하지만 참으로 많은 얘기를 담은 말. 나는 대답하고 싶었다. 말하고 싶었다. 네, 괜찮아요. 날 두고 가지 마요. 난 괜찮아요! 하지만 내 성대에서 나온 소리는 전혀 그런 게 아니었다. 내가 들은 건 이랬다.

"배가 고파요."

그러자 여자 목소리가 대꾸한다.

"마르탱이 우리 먹으라고 파히타를 만들었어."

나는 마르탱 선생님의 손가락, 팔목, 소매 아래로 드러난 팔을 본다. 꿈속에서 봤던 팔과는 다르다. 훨씬 더 겁이 난다

고 할까. 그냥 저 팔에 스치기만 해도 심장이 터져 버릴 것 같다. 마르탱 선생님을 두고 자주 공상하는 대로 벌거벗은 모습으로 보려고 애쓴다. 하지만 그런 이미지는 흐릿해지고 아빠처럼 자상한 미소를 지으며 나를 염려하는 모습이 눈앞을 가로막는다.

선생님의 부축을 받아 일어난다. 부분 조명이 켜져 있는 조리대. 샤를로트가 물에 적신 수건 같은 것을 내민다. 내 침대 머리에 놓아두려 한 것 같은 수건. 조리대 뒤에서 스머프가 모래시계를 걱정스럽게 주시하는 조리장 같은 표정으로 요리를 한다.

어제 저녁은 뮤지션 스머프, 오늘 저녁은 요리사 스머프, 오늘 아침에는 열등생 스머프…… 이 스머프 만화에서 마르탱은 저 혼자 몇 가지 역할을 하는 걸까.

그래서 난 우리 발표에 대한 아이디어를 말하지 못했다. 모범생은 멍한 눈으로 저녁을 조금 먹었고, 프랑수아는 그 애에게 집까지 데려다 주겠다고 했다. 파히타를 살짝 태워 먹었지만 아무도 그런 건 몰랐다. 해열용 장갑 식혀야지, 30초에 한 번꼴로 모범생에게 더 챙겨 줘야 할 건 없는지 살펴야지, 엄마와 프랑수아 둘 다 바빴다.

프랑수아는 모범생을 데려다 주러 나갔고, 난 엄마에게 설거지를 맡겼다. 내가 신경이 날카로워졌는지는 모르겠지만 어쨌든 더는 애쓰고 싶지 않았다. 그저 내 생각만 하고 싶었다. 엄마는 내가 상을 치우는 광경을 보더니 이렇게 말했다.

"마르탱, 엄마한테 할 말 없니?"

나는 음식 부스러기를 새들이 먹을 수 있게 발코니에 내다 버렸다. 엄마가 재차 말했다.

"네 여자 친구 귀엽더라."

엄마는 프랑수아 얘기를 할 때와 똑같은 표정으로 웃고 있었다. 나는 행주를 빨았다. 엄마는 대답해 보라는 듯이 눈을 크게 떴다.

"마르탱, 참 신기하다. 네가 여자 친구가 생겨서 나랑 좀 멀어질 거라고 생각하니까 되게 이상해."

난 속으로 자미로콰이의 〈라이브 인 베로나〉 인트로를 불렀다. 속으로 불렀다고 생각했는데 엄마가 발로 장단을 맞추기 시작한 걸 보면 입 밖으로 큰 소리가 났나 보다.

"어제 무대에서 너는 더 이상 엄마의 꼬마 마르탱이 아니더구나. 엄마와는 별개로 너만의 독립적인 생각을 가진 어엿한 남자였어."

난 방으로 가서 마셜 앰프를 깔고 앉았다. 그러고서 한참을 있었다.

조가 전화를 했다. 우리 얘기를 하고 싶다고, 밴드 이름에 대해서 좋은 생각이 났다고 했다. 조는 수화기에 대고 신나게 웃었지만 난 아무 말도 안 했다. 뭣 때문인지는 몰라도 너무 지치고 버거웠다. 나는 어디에도 없는 기분이었고 어제의 꿈에서 빠져나오기가 힘들었다. 풋내기 보컬 겸 베이시스트와 의욕 없는 중학생, 완전히 동떨어진 두 개의 인격을 갖게 된 걸까. 조는 나에게 괜찮은지 물었다. 오늘 하루에만 그 소리를 세 번이나 들었다. 내가 그렇게까지 괜찮은 상태는 아닐지 모르겠다는 생각이 들었다. 옷에서 담배 냄새가 나서 빨려고 내놓았다.

나트도 전화를 걸어 왔다. 그냥 알고 싶어서 전화했다나. 난 녀석의 말을 중간에 끊고 이렇게 말했다. "난 괜찮거든, 아무 문제없다고." 나트는 어제 무대에서 내려오면서 하고 싶은 말이 있었는데 못했다고, 그래서 그 말을 하고 싶다고 했다. 그래, 나트의 진짜 용건은…… 내가 다시 수화기에 대고 웃으며 말했다. "그래. 좋다, 얘기해 보자." 나트는 한동안 아무 말도 하지 않았다. 녀석이 전화를 끊었나 싶었는데 드디어 이 말이 들렸다.

"어제부터 날개가 생긴 기분이야."

그러고 나서 나트는 매몰찬 여자애에게 사랑 고백이라도 한 것처럼 전화를 뚝 끊었다. 나는 한참 〈액츄얼 베이스〉 교본을 펴 놓고 있었지만 내가 어떤 코드 진행을 연습하는지조차 알 수 없었다. 나는 이것저것 쓸데없는 생각을 하느라 계속 같은 부분에 막혀 있었다. 모범생의 잠꼬대 고백, 어제 공연, 드니, 나트의 수줍어하는 목소리, '비툅 블루스'의 보컬, 나의 워시번.

문이 열리는 소리를 들었다. 프랑수아가 돌아왔나 보다. 나는 잠시 엄마와 프랑수아의 목소리를 듣다가 스르르 잠이 들었다. 날개가 구겨지지 않도록 옆으로 누워서.

캄캄한 밤이다. 달은 구름에 가려 보이지 않는다. 마르탱 선생님이 차로 집까지 데려다 준다. 선생님이 변속 기어에서 핸들로 부드럽게 손을 옮기는 동작이 좋다. 선생님은 말이 없다. 보랏빛이 도는 다크서클이 두드러져 보인다. 역사 선생님 같지가 않다. 그냥 불안하고 지친 남자로 보일 뿐이다. 감히 선생님 쪽을 돌아볼 수가 없다. 머리가 지끈거리긴 해도 기분은 좋다. 오늘 밤이라면 후회 없이 죽을 수도 있을 것 같다.

모든 것이 주마등처럼 스쳐 간다. 최근 몇 달의 일, 나의 은밀한 욕망, 참을 수 없을 지경까지 달아오른 욕망. 자동차는 부드럽게 주행 중이고 노란불 신호에도 멈춰 선다. 선생님은 서두르지 않는다. 이 장면을 얼마나 많이 꿈꾸었던가. 나는 계기반을 눈여겨보고, 푹신한 카시트를 만져 본다. 이 좌석이 뒤로 완전히 젖혀질까? 뒷좌석이야 딱 보기에도 안 되겠지만. 나는 내 좌석을 뒤로 젖혀 본다.

선생님은 아무것도 모른다. 아니면 최소한 모르는 척하는 것 같다. 그의 옆얼굴은 상상 이상으로 근사하다. 선생님이 내 쪽을 본다. 나는 처음으로 선생님의 눈길을 정면으로 받는다. 두렵다. 내 눈에서 동요가 너무 확실하게 비칠까 봐 두렵다. 우스꽝스럽거나 미숙해 보일까 봐서, 자제력을 잃고 꼬맹이 계집애처럼 굴까 봐. 선생님이 웃음을 터뜨리며 내 볼을 톡톡 칠까 봐.

하지만 그런 일은 일어나지 않는다. 선생님의 눈빛은 긴장한 사람 특유의 눈빛이다. 턱수염이 돋아서 늙어 보인다. 선생님이 급브레이크를 밟는다. 하마터면 빨간불에 달릴 뻔했다. 선생님은 기계적으로 손을 들어 눈꺼풀을 비빈다. 나는 갑자기 마음이 놓인다. 함께 위험을 피하고 나니까 공범이 된 것 같다. 마르탱 선생님이랑 카뛰신이 달밤에 단 둘이 돌아다닌다. 마르탱 선생님이 카뛰신을 집까지 데려다 주면서 서두르지도 않고 늑장을 부린다. 이건 꿈이 아니다. 춥다.

선생님은 시동을 끄고 팔꿈치를 핸들에 올려놓은 채 미간 사이 콧대를 만지작거린다. 숨소리가 거칠다. 다정하고 자상한 여자들이 그렇듯 나도 선생님 허벅지에 가만히 손을 올려놓고 "내가 있잖아요."라고 말하고 싶다. 굳이 남자에게 무슨 말을 들으려고 하지 않으면서 남자가 다른 방식으로 마음을 표현할 수 있게 조종하고 싶다. 거실 불이 켜져 있다. 엄마 아빠한테는 아까 전화를 걸어 곧 도착할 거라고 말해 놓았다.

선생님은 어제 입었던 트레이너 차림 그대로다. 남자 냄새, 늦은 저녁 공연장의 기억이 배어 있는 옷이다. 저 옷을 입고 그대로 잤을까? 아냐, 선생님은 잘 때 옷을 벗는다.

선생님 얼굴이 내 쪽으로 향했다. 어둠이 우리를 얼싸안는다. 그의 눈은 내 뒤쪽으로 향한다. 선생님은 달콤한 몽상가, 어린아이다. 난 갑자기 한결 성숙하고 차분한 여자가 된 것 같다. 내가 미소를 보낸다. 난 이제 겁에 질린 어린애가 아니라 말해야 할 때와 침묵해야 할 때를 고를 줄 아는 여자다. 그러니까 그는 알아야 한다. 혼자도 아니요, 이해받지 못하는 것도 아니라고. 그가 나를 한참 동안 지그시 내려다보다가 더듬더듬 말한다.

"카퓌신……"

그의 얼굴에 한 점 그늘이 스치고 지나간다. 우리 집 거실에도 그림자가 스치고 지나간다.

"그게 말이지……."

선생님 목소리가 갈라진다. 나는 벌떡 일어서며 차 안 천장에 머리를 찧을 수도 있었다. 마침내 이 더듬거리는 음성을 듣게 됐다고, 너무 좋아서 울며불며 난리칠 수도 있었다. 그다음에 그가 말을 하든가 말든가 그런 건 상관없다. 어쨌거나 난 어떤 면에서 행복하고, 그걸로 됐다. 명백한 이유는 없었다. 사랑은 원래 이치로 따질 수 있는 게 아니니까. 그는 고개를 들고 우물거린다.

"있잖아, 그 발표 건은…… 나도 계획했던 일은 아니었단다. 그냥 자연스럽게 나온 얘기야. 하지만 솔직히 말해서 그렇게 한다고 너희 태도가 바뀔지는 모르겠구나."

선생님이 도리질을 하자 후드가 같이 흔들린다.

"이런 얘기는 하지 않는 게 좋을 뻔했지? 게다가 넌 지금 열도 있는데……."

손가락 두 개가 내 뜨거운 이마에 와 닿는다. 숨이 막혀 죽을 것 같다.

나는 실망하지 않았다. 실망이라니, 천만의 말씀! 실망하지 않았다. 나는 행복하다. 선생님이 한낱 제자인 나에게 속내를 털어놓고 있지 않는가. 선생님은 내 능력과 보컬 스머프의 잠재력에 기대를 걸고 있다. 그 애가 학교에서 느끼는 한계를 벗어나도록 도와주고 싶은 거다. 달이 구름 사이로 나온다. 나는 천천히 선생님한테로 고개를 숙인다.

"발표 과제는 선생님이 내신 아이디어 중에서 최고였어요."

난 그 말을 남기고 나온다. 엄마의 실루엣이 커튼 뒤에서 어른거린다. 내가 성큼성큼 현관으로 들어서는 동안에도 달빛이 쏟아진다.

나는 뒤돌아보지 않는다. 춥다. 기분은 좋다.

이번에는 모범생도 컨디션이 좋다. 그 애는 녹차를 마시고 매트리스에 앉아 프린트를 살펴본다. 우리 엄마가 자기 소파 베드에서 공부할 때 모습이랑 똑같다. 모범생은 내 아이디어가 기똥차게 좋다고 했다. 우리는 내가 지난 수업 시간에 상상했던 것을 기초로 해서 함께 노랫말을 쓰기로 했다.

한 남자가 전쟁터에서 아내에게 편지를 쓴다. 매일 두 문장씩 적은 수첩을 구덩이를 파고 묻는다. 모범생은 당시 역사적 배경, 뭐가 뭔지 이해할 수 없는 그 남자의 심정과 살고 싶다는 욕구를 가사에서 느낄 수 있어야 한다고 했다. 축축한 흙내, 전우애, 적군에 대한 공포가 묻어나야 한다고 했다.

또한 편지를 기다리는 아내의 심정에 대해서도 이야기했다.

모범생이 눈살을 찌푸린다. 주방이 시끄럽다. 엄마가 청소한다고 끙끙대는 중이다. 엄마는 내가 또 그 애를 집에 데려왔더니 침대에서 벌떡 일어나 이러는 것이었다.

"집안 꼴이 시장 바닥인데, 어쩌자고!"

엄마는 당장 청소에 나섰다. 아무래도 여자애를 자주 집에 데려와야겠다.

모범생은 글을 엄청 빨리 쓴다. 나는 마셜 앰프에 엉덩이를 붙이고 앉아 그 애가 가사 쓰는 모습을 구경한다. 그렇게 잘난 체하지도 않고 공부벌레치고는 멋있는 애다. 모범생은 연필을 물어뜯으면서 팔꿈치를 괴고 열심히 가사를 써 내려간다. 그 애는 가사를 두 마디씩 소리 내어 읽어 보고는 내게 묻는다.

"노래가 되겠어?"

내가 고개를 끄덕인다. 끝내주는 가사라고 생각하지만 그런 말은 하지 않는다.

조금 있다가 연습실로 갈 것이다. 그 애도 코드를 몇 개 배우겠다고 했다. 코드 연습을 하는 동안 우리는(우리라기보다는 그 애가) 가사를 쓸 것이다. 유독 긴 소매의 옷을 입고 심각한 표정을 짓는 모범생은 웃기다. 나는 지난번의 그 잠꼬대를 생각하지 않으려 애쓴다. 사실 그 고백에 가장 큰 반응을 보인 건 엄마다. 심지어 엄마는 어제 프랑수아에게까지 그 얘기를 했다.

"마르탱 여자 친구, 귀엽지 않아?"

프랑수아가 고개를 들더니 내가 거북해할까 봐 눈치를 보았다. 하지만 내가 심드렁하니 별 반응을 보이지 않자 젓가락질을 하면서 이렇게 말했다.

"참 괜찮은 애야."

그러고 나서 프랑수아가 덧붙인 말은 이랬다.

"올해 수업 시간에 걔라도 없었으면 난 자살했을지도 몰라."

프랑수아는 젓가락을 권총 삼아 관자놀이에 대고 방아쇠를 당기는 시늉을 하며 껄껄 웃었다. 단순히 농담만은 아니었다. 나중에 프랑수아가 엄마에게 얘기했다. 우리 반은 진짜 상대하기 힘든 반이라고, 아무도 자기 수업에 관심을 갖지 않는다고 말이다. 하지만 내가 듣고 있다는 사실과 학교생활에 대해서는 집에서 얘기하지 않는다는 원칙을 상기했는지 후식으로 열대 과일인 람부탄을 먹을 때까지 더 이상 아무 말도 하지 않았다.

자기 수업에 대해서 그런 식으로 얘기하는 프랑수아를 보고 나서 나는 동요했다. 내가 프랑수아 입장에 대해서 생각해 본 적은 아마 단 한 번도 없을 것이다. 수업 시간에 좀 더 열의를 보이지 않고 30초에 한 번씩 손목시계를 봤던 나 자신이 미안했다. 심지어 수수 선생님 보기도 좀 미안한 생각이 들었다.

우리는 연습실로 간다. 모범생은 가사가 아직 부족하지만 그래도 곡에 맞춰 시험해 보고 싶다고 했다. 조와 나트에게 미리 말해 두지 않았는데, 녀석들이 싫은 얼굴을 하지 않았으면 좋겠다.

우리는 연습실로 간다. 우리는 나란히 걷지만 각자 다른 세상에 있다.

마르탱 선생님 차를 타고 돌아온 그날 밤 이후로 며칠 동
안은 학교에 가지 못했다. 나는 온통 뜨겁고 녹신녹신한 안
개에 싸여 지냈다. 열이 심했다. 익히 알고 있는 그런 열이
아니었다. 엄마는 밤늦게 쏘다니니까 병이 난 거라며 잔소리
를 했다. 하지만 내가 침대 시트를 어깨에 두르고 신부의 면
사포처럼 바닥을 쓸고 다니며 거실로 나오자 엄마는 아무 말
없이 고개만 주억거렸다. 나는 신부, 처녀로 남게 될 거라는
생각에 괴로워하는 신부다.

첫날밤 따위는 없을 것이다.

릴리가 문병을 왔다. 릴리는 스머프네 집에서 어떤 시간을

보냈는지, 걔네 집은 어떻게 꾸며져 있는지, 걔가 노래를 불러 줬는지 알고 싶어 했다. 잠에서 깼을 때 들리던 기타 반주와 영어로 된 노래가 문득 떠올랐지만 릴리에게 그런 얘기는 하지 않았다. 난 그냥 이렇게만 말했다.

"마르탱 선생님에 대해서 네가 했던 얘기는 맞았어. 난 어떻게 보자면 선생님 집에 갔던 셈이니까."

하지만 릴리는 내 말을 듣고 있지 않았다. 그 애는 방 창문 너머로 자동차가 달리며 물웅덩이의 물을 튀기는 모습만 구경하고 있었다.

발표 수업 얘기가 나왔다. 릴리가 짝으로 선택한 아부쟁이 녀석은 하나에서부터 열까지 저 혼자 하려 든단다. 무슨 인터뷰를 준비한다는데 릴리는 질문만 몇 개 읽고 조사 내용은 아부쟁이가 전부 다 발표하기로 했단다.

세상이 꼴찌들에게 너무 부당하다는 생각이 들었다. 나는 그나마 똑똑하고 잘난 축에 든다는 사실이 새삼 싫었다. 그래서 릴리 얼굴을 보기가 괴로웠다. 릴리는 너무 빨리 여자가 되어 버린 여자아이, 이를테면 자기가 얼마나 예쁜지도 모르는 화장기 없는 바비인형을 연상케 했다. 릴리에게 말했다.

"우리랑 발표 같이하자. 그 밥맛없는 아부쟁이는 질문도 자기가 하고 답변도 자기가 하라고 그래."

일이 그렇게 되어 버렸다. 고열에 시달렸더니 신중함이고 뭐고 다 날아갔나 보다. 방랑자 아저씨가 친구 아저씨한테 뭐라고 했을 때의 태도가 생각났다. 그냥 생각이 고스란히 입으로 튀어나왔다. 그리고 마르탱 선생님을, 내가 말없이 했던 약속을 떠올렸다.

연습실 벽에 기대어 서 있는 반짝이 꼴찌 소녀를 보고 맨 처음 든 생각은 '친구 녀석들이 엄청 빈정대겠구나'였다. 반짝이 소녀는 꿈쩍도 않고 우리가 오는 모습을 지켜보고 있었다. 모범생이 그 애에게 반갑다는 손짓을 하며 나에게 말했다.

"아부쟁이가 릴리를 엿 먹이잖아. 난 절대 쟤가 그 꼴 되는 건 못 봐."

나는 이해하려고 애쓰지도 않았다. 어쨌거나 지금 내 입장에서는 그냥 받아들일 수밖에 없었다. 그 애는 우리를 따라왔다. 그 애가 걸을 때마다 짤랑짤랑 낭랑한 소리가 났다. 나는 모범생도 그렇고, 반짝이 소녀도 그렇고, 둘 다 괴짜라고 생각했다.

조는 한쪽 발을 의자에 올려놓고 기타를 조율하고 있었다. 나트도 드럼 테스트 중이었다. 나는 기분 전환도 할 겸 커피를 한 잔씩 하자고 얘기하고, 연습실에 딸린 골방에 들어가 불에 주전자를 얹었다.

연습실로 나오자 조가 일어났다.

"넌 우리 소개도 안 할 거냐?"

이름이 생각나지 않았다. 연습실에 여자들을 데려온 주제에 걔들 이름도 모르다니. 물론 내가 원래 걔들 이름을 모르진 않았다. 머릿속이 하얗게 변하고 땀이 나기 시작했다. 여자애들은 알아서 자기소개를 했다. 모범생은 발표 과제 때문에 연습하러 왔다고 알아서 설명까지 했다. 반짝이 소녀가 내 마음을 다 안다는 듯한 눈빛을 보냈고, 나는 지푸라기라도 잡듯 그 눈빛에 매달렸다. 모범생도 나에게 뭐라고 하지 않았다. 걔는 이미 반에서 일등을 독차지하는 우등생의 자세로 돌아가 있었다. 코드 이름을 전부 다 가르쳐 달라, 왜 기타는 현이 여섯 개인가, 조율하는 법은 어떻게 되나 등등 질문을 퍼붓기 바빴다. 좀 창피했지만 그 애 질문 공세에 동요한 사람은 나밖에 없어 보였다.

조가 자기 펜더를 모범생 손에 쥐어 주었다. 그 기타가 조 아닌 다른 사람 손에 들린 모습은 처음 봤다. 왠지 조의 할아버지가 생각났다. 나트는 드럼 스틱으로 '엄마아빠엄마아빠'를 연습했다. 주전자를 가지러 골방으로 들어가면서 드럼 옆을 지나가는데 그때 나트가 이렇게 속닥거렸다.

"여성 코러스를 데려온 거냐?"

그 후에 우리는 노랫말을 연습해 보았다. 모범생은 기타에 찰싹 달라붙어 떨어지지 않았다. 조가 모범생에게 세 개의 코드를 가르쳐 주었다. 조는 차분하게 설명하는 품이 기타 선생 역할에 완전히 빠져 있는 눈치였다. 반짝이 소녀가 어디에 몸을 둘지 모르고 안절부절못하기에 내가 가까이 오라고 손짓을 했다. 그 애는 아직 마시지 않는 커피 잔을 마셜 앰프 위에 올려놓았다. 나는 오늘 아침에 쓴 가사 중 하나를 보여 주었다. 그 애 손에서 종잇장이 부들부들 떨렸다.

나는 베이스를 연결하고 4분의 3박자 리듬을 치기 시작했다. 전쟁터의 병사 이야기에는 왈츠 리듬이 어울릴 것 같아서였다. 반짝이 소녀가 가사를 읽기 시작했다. 꾸밈없이 읽어 내렸을 뿐이지만 제법 그럴싸하게 들렸다. 나는 모범생이 이야기를 풀어 나가는 재주가 있다고, 글을 꽤 잘 쓴다고 생각했다. 눈을 감았다. 참호 속의 내 모습이 보였다.

나는 아내의 편지를 받은 남자다. 아내는 밭일, 기다림, 늙어 가는 아버지 이야기를 전했다. 내 아내가 아버지 얘기를 하다니! 아내는 우리도 언젠가 아이를 낳을 거라고, 하지만 그 아이는 전쟁에서 태어난 아이가 아니라 사랑으로 낳은 아이가 될 거라고 했다. 그녀는 매일 침대 머리에 십자가를 그려 넣는다고, 그 십자가는 묘지에 즐비한 십자가와는 절대로 같지 않다고 했다. 그녀는 기다림이 몹시도 초조하고 절박하다고 했다. 편지를 보내 줘서 고맙다고, 삭막한 풍경 속에서 드문드문 만날 수 있는 생의 조각들, 불모의 땅에 그나마 남아 있는 밀이 고맙다고 했다.

눈을 떴다. 반짝이 소녀가 나를 보고 있었다. 조와 모범생이 기타를 내려놓았다. 나트는 밀짚을 한데 묶은 것 같은 드럼 브러시로 심벌을 차르르 흔들고 있었다. 반짝이 소녀는 아무 말없이 가사가 적힌 종이를 모범생에게 돌려줬다.

"카뮈슈…… 네 가사, 너무 슬퍼."

　마르탱의 매트리스에 배를 깔고 엎드려 가사를 구상하다
가 좋은 생각이 하나 떠올랐다. 병사만 아내에게 편지를 쓰
지는 않았을 것이다. 하지만 나까지 노래를 하겠다고 나설
마음은 눈곱만큼도 없다. 마르탱 선생님 앞에서 내가 어떻게
노래를 하겠냐고. 그래서 마르탱이 나보고 기타를 치라고 했
을 때 열광적으로 좋아라했던 것이다.
　마르탱의 손바닥만 한 방은 사춘기 소년의 방 같지가 않
다. 오히려 젊은 남자, 대학생이나 빈털터리 작가의 방이 이
렇겠지. 내 몽상에 딱 어울리는 방이다. 다만, 이 방 주인이
내 몽상의 남자 주인공이 아니라는 문제가 있을 뿐이다.

나는 릴리를 생각하며 그 애를 위해 가사를 썼다. 반짝이는 금발 머리를 두꺼운 천으로 가리고 가녀린 다리를 긴 치마로 뒤덮은 그 애 모습을 상상했다. 릴리가 얼음장처럼 찬 물에 손을 담그는 모습, 차가운 시트에 누운 채 잠에서 깨는 모습을 상상했다. 나는 기다림과 욕망을 안다. 마르탱 선생님은 내가 쓴 노랫말에도 들어와 있었다. 이제 며칠 후에 선생님은 오직 자기를 위해서 쓰인 노랫말을 듣게 될 것이다.

이 노래는 나의 고백이다.

병사 파트의 노랫말은 스머프 보컬에게 맡겼다.

연습실에 도착해서 릴리와 만났다. 아이디어가 괜찮은가 나 자신에게 물었다. 이제 막 낭만적이면서도 성찰이 깃든 노랫말을 완성한 참이었다. 나는 차가운 맥주 냄새, 축축한 신발 냄새가 진동하는 창고 비슷한 곳으로 들어갔다. 릴리는 겁에 질려 조금 물러나 있었다. 걸어가도 좋다는 신호를 기다리는 눈 먼 사람 같았다.

나는 고물 기타를 들고 있던 기타리스트 소년을 대번에 알아보았다. 그때 방랑자 아저씨가 했던 말이 새삼 떠올랐다. "저 기타 소리를 들어 보라고, 저런 꼬맹이가 관객을 자기가 원하는 대로 주무르잖아!" 나는 기타리스트가 가르쳐 주는 대로 연습을 시작했다. 기타리스트는 무심한 척 철저하게 자기 본분만 다한다는 말투였지만 나는 그 애 목소리에서 자기가 아는 것을 가르치는 즐거움과 자부심을 엿보았다. 기타리스트는 기타 멜빵을 목에 둘러 주고 내 손을 잡고 제일 쉬운 코드부터 가르쳤다.

"이렇게 코드 세 개만 배워도 수백 가지 노래의 반주를 할 수 있어."

나는 코드 이름과 운지법을 잊지 않으려고 노력했다. 어떤 코드는 우리처럼 '마이너'였다. 기타리스트 소년은 마이너 코드는 우울하고 아련한 느낌을 준다고 설명했다. 내가 배운 세 개 중에서 마이너 코드는 하나뿐이었다. 그 애는 우물거리며 말했다.

"그래도 이 코드는 흥겨운 느낌이지."

나는 몇 년 후 우리 모습을 상상해 보았다. 기타리스트 소년에게 몇 살인지 물었다. 그 애는 빙그레 웃었다.

"이 기타 나이의 3분의 1."

이어서 그 애는 자신 없이 헤매는 내 손을 기다란 자기 손가락으로 감싸고, 픽을 어떻게 잡는지 가르쳐 주었다. 만난 지 얼마 되지도 않는 남자애가 내 손을 그렇게 빨리 잡는 일이 생기리라고는 상상도 못했다. 더욱이 이런 식으로, 자기

202

손바닥으로 내 손등을 감싸고 내 손가락 위에 자기 손가락을 구부려 감싸는 남자애가 있을 줄은 몰랐다. 자신감이 넘치면서도 부드러운 손, 한번 잡으면 풀지 않을 것 같은 손이었다.

릴리가 가사를 읽기 시작했다. 우리는 침묵이 떨어질 때까지 그냥 아무렇게나 한번 해 봤다. 릴리의 음성은 맑고 소박하고 자연스러웠다. 나는 눈을 감았다. 릴리가 가사를 읽고 있다는 것도 잊었다. 단어가 정지된 생각처럼 하나하나 스치고 지나갔다. 조의 숨결이 내 목덜미에 닿았다. 옛날 군인들은 머리를 텁수룩하게 길렀다고 들은 기억이 났다. 조의 앞머리는 그 애 눈을 가리긴 했지만 아직 그렇게까지 길지는 않았다. 전쟁에 뛰어든 지 석 달이 채 안 된 초보 군인의 머리 모양이 저렇지 않았을까.

마르탱이 엄지로 베이스의 한 현을 퉁겼다. 대장간에서 쇠를 올려놓고 두드릴 때 받침으로 쓰는 모루 부딪치는 소리가 생각났다. 릴리가 한 손으로 머리를 쓸어 넘겼다. 반짝이 가루가 조금 흩날렸다. 레게 머리로 얼굴을 가리다시피 한 드러머가 작은 빗자루 대 같은 것으로 드럼을 차르르 쓸면서 돌풍이라도 일으키듯 숨을 몰아쉰다.

릴리가 가사를 모두 낭송하고 나자 조가 내 어깨를 토닥토닥했다. 나는 뒤를 돌아보고는 피식 웃음을 터뜨렸다. 조가 풍기는 분위기는 옛날 군인하고는 전혀 거리가 멀었다! 우리는 다시 코드 연습을 시작했다. 나중에 조가 내 손을 자기 입가로 가져가더니 기타 코드를 잡느라 얼얼해진 손가락을 후후 불어 주었다. 조가 속삭였다.

"오늘은 여기까지만 하자."

세 조가 발표를 마쳤다. 프랑수아가 우리에게 자신감을 불어넣는다.

"발표를 '우수하게' 하려고 애쓸 필요 없다. 무슨 규칙이 있는 것도 아니고 점수도 매기지 않을 거다. 너희 마음대로 풀어 놓아도 돼."

오늘의 그는 세 번째 모습의 프랑수아에서 첫 번째와 두 번째로 돌아와 있다. 구두만 벗지 않았을 뿐이지, 극장에서처럼 한 발을 편안하게 자기 의자에 올려놓은 모습이다. 사실상 나는 다른 아이들의 발표를 듣지도 않았다. 가사를 까먹지 않으려고 필사적이었기 때문이다. 하지만 너무 긴장돼 거의 아무것도 생각나지 않았다.

프랑수아가 아무리 괜찮다고 하면 뭐하나, 긴장하고 말고가 마음대로 되는 거라면 얼마나 좋겠어. 땀이 난다. 반짝이 소녀는 화장을 하고 왔다. 머리부터 발끝까지 반짝반짝, 입술까지 번들거린다. 온몸에 사금을 뿌린 것 같다. 모범생은 조의 펜더를 가져왔다. 조는 부탁하지도 않았는데, 자기 기타를 빌려 줬다. 모범생에게 기타를 넘겨주는 조의 모습은 이혼한 전처에게 자식을 보내는 아버지 같았다. 녀석은 극도의 스트레스에 시달리는 사람처럼 온갖 주의와 당부를 중얼거렸다.

모범생은 코드 연습을 한다. 지금은 기타가 앰프에 연결되어 있지 않아서 그 애 손가락이 금속 현을 스치는 소리는 나한테밖에 들리지 않는다. 프랑수아가 우리에게 신호를 보낸다. 나에게 미소를 보내지는 않는다. 아무에게도 의심을 사지 않기 위해 학교에서는 늘 나하고 거리를 유지하려고 노력하는 것이다. 우리 관계를 아는 사람은 모범생밖에 없는데 걔는 비밀을 지켜 줄 것이다. 굳이 비밀을 지켜 달라고 말할 필요조차 없었다.

우리 셋은 서로를 보지 않는다. 그런데도 나는 우리 셋이 어느 섬에 함께 표류한 기분이 든다. 이 교실이 섬이다. 우리는 자리를 잡는다. 모범생은 기타를 앰프에 연결하고 볼륨을 높인다. 나는 나의 워시번 베이스를 잡는다. 릴리는 한 발을 교단 위에 올려놓는다. 조용하다. 프랑수아만 빼고 모두 지루해서 주리를 틀고 앉았다. 여자애들은 수다를 떨고 사내자식들은 핸드폰만 잡고 늘어졌다.

사실 섬에 표류한 우리는 셋이 아니라 넷이다. 나는 이야기를 하면서 프랑수아를 응시한다. 프랑수아는 천장만 보고 있다. 나는 내가 느끼는 감정을 노래한다.

나는 아버지에게 편지를 쓰는 젊은 병사다. 나는 모든 것을 묻되 아무것도 묻지 않는다. 수줍음에 말이 나오지 않는다. 나는 진흙탕에 처박힌 발을, 어린 시절의 추억을 노래한다. 이곳에 파 놓은 참호는 그냥 아이들의 장난일 뿐이에요. 축축한 요에서 어떻게 자는지 아시나요. 아버지가 입김을 불어 촛불을 끄던 기억을 떠올리면 어둠을 잊을 수 있어요.

나는 우리가 함께 경험하지 못한 것을 일깨운다. 그렇게 해서 잃어버린 시간을 따라잡고 싶다. 내 엄지와 검지가 노닐고, 기타는 리듬을 맞춰 준다. 높은 '미' 음을 누르고 있는 한 손가락에서 바람 빠지는 듯한 소리가 난다. 모범생은 주저하다가 계속 연주를 한다. 얼굴에 긴장한 태가 역력하다. 나는 입을 다문다. 이제 꼴찌 소녀 차례다. 차분하고 낭랑한 목소리가 들려온다.

　나는 슬쩍 프랑수아를 쳐다본다. 프랑수아는 눈을 감고 한 손으로 이마를 짚고 있다.

　마르탱 선생님이 우리보고 나와서 준비하라고 했을 때 기절하는 줄 알았다. 나는 거칠게 숨을 쉬며 기타 잭이 망가지지 않을까 조심하며 자리를 잡았다. 전자 기타는 무진장 무겁다. 난 전자 기타 몸체가 플라스틱인 줄 알았다. 조가 전자 기타는 나무로 만드는 거라고 약간 조롱하듯이 설명했다. 그애는 기타를 가르쳐 주면서도 연신 핑거보드를 쓰다듬었고, 기타가 오랫동안 정붙인 애견이라도 되는 양 몸체 옆구리를 토닥토닥 두드리곤 했다.

　릴리도 긴장한 것 같다. 릴리는 요즘 말수가 부쩍 줄었다. 늘 안개 속을 헤매듯 멍해 있는데 이유를 모르겠다. 예전처럼 웃지도 않고 입을 꾹 다물고만 지내는 데다가 이제 막 불붙인 담배를 금방 꺼 버리기도 한다.

마르탱이 자기 파트를 노래한다. 즉흥곡이다. 우리가 연습할 때 들었던 그 가사가 아니다. 그냥 즉흥적으로 가사를 만들어 낸 것이다. 나는 기타 연주에 신경이 팔려서 마르탱의 가사가 제대로 들리지 않는다. 조가 알려 준 대로 코드를 제대로 짚고 차분하게 숨을 고르려고 노력할 뿐이다. 그와 동시에 오른손으로는 리듬을 일정하게 유지하려고 애쓴다. 머릿속에 메트로놈이 들었다고 상상한다. 조그만 시계추가 왔다 갔다 하면서 일정한 템포를 준다고 상상한다.

이제 릴리 차례다. 나는 아르페지오 주법으로 넘어간다.

마르탱 선생님은 눈을 감고 주의 깊게 귀를 기울인다. 선생님 손가락이 미간 사이 콧날을 어루만진다. 아이들 중에서도 몇 명은 열심히 듣는 것 같지만 그 애들은 잊었다. 릴리 목소리가 교실을 가득 채운다. 바위에서 샘솟는 물처럼, 아니 수정처럼 맑고 깨끗한 소리가 흐르며 조약돌 틈으로 길을 낸다. 릴리가 우리 쪽으로 살짝 몸을 틀었다. 스머프는 반주를 좀 더 충실히 하려고 인상까지 찌푸려 가며 애쓴다. 마르탱 선생님은 꿈쩍도 않고 듣기만 한다.

나는 릴리의 목소리를 빌려 모든 것을 이야기했다. 기다림과 헛된 욕망, 평온한 몽상과 새벽녘의 고독. 심지어 병사의 아내가 부끄러워하거나 주저하지 않고 스스로에게 허락하는 육체적 쾌감마저 가사 속에 끼워 넣었다. 선생님은 나의 외침을 들었을까?

선생님은 여전히 꿈쩍도 않고 우리 연주에 푹 빠져 있다. 하지만 스머프는 알아차렸다. 그 애 연주가 거칠어지고 격정적으로 변했다. 베이스 선율이 두드러지며 그 애 손가락이 핑거보드 위쪽으로 옮겨 갔다. 즉흥 연주다.

베이스는 마지막으로 치달으면서 둔중한 소리를 냈다. 릴리의 노래는 끝났다. 나는 제일 높은 음으로 바이브레이션을 걸었다. 끝났다.

아이들이 박수를 친다. 마르탱 선생님은 일어나서 우리에게 무슨 말을 하려는 듯 돌아섰다. 선생님은 마르탱을 한참 바라보다가 말없이 내 쪽으로 고개를 돌렸다. 나의 멍한 눈과 선생님이 정면으로 마주쳤다. 선생님은 릴리에게 다가가 엄숙한 말투로 말했다.

"고맙구나."

　지금 다시 생각해 보면 별로 놀랍지도 않은 것 같다. 오늘은 중요한 날, 어쩌면 내 인생에서 제일 중요한 날이다. 이렇게 될 줄은 정말 몰랐다. 역사 수업 시간에 교단에서 연주했을 때만 제외하면 긴장되지는 않았다. 전부 자연스럽게 진행됐다.

　우선 방과 후에 여자애들, 프랑수아, 조, 나트와 뒤풀이를 했다. 우리는 멜팅 포트에 죽치고 앉았다. 나중에 엄마도 와서 합석했다. 우리는 굉장히 오랫동안 못 만나다가 봐서 기쁨을 주체할 수 없는 사람들처럼 함께 어울려 놀았다. 바맨이 우리 데모 테이프를 틀어 줬다. 나는 멜팅 포트가 이제 우리 아지트가 될 거라는 예감이 들었다. 주위가 시끄러워서 목청을 높여야 서로 얘기할 수 있었다. 프랑수아가 잠시 나를 따로 불러내더니 이렇게 물었다.

"네 생각에는 어떨 것 같아? 집에 살러 오는 거 말이야."

프랑수아는 '내 집'이라고 하지 않고 그냥 '집'이라고만 했다. 나도 물었다.

"엄마랑요?"

프랑수아는 씩 웃더니 눈을 내리깔았다.

나는 심술쟁이 남자아이 같은 목소리로 말했다.

"최소한 내 방은 따로 주겠죠?"

프랑수아가 대답했다.

"으응…… 게다가 파히타를 태워 먹기 딱 좋은 근사한 주방도 있어!"

나는 바로 대꾸하지는 않았다. 프랑수아의 대답을 내 안에 담아내기까지 시간이 필요했다. 사람 많은 데서 감격해서 훌쩍댈까 봐 겁이 났다. 모범생은 조와 나트와 신 나게 떠들고 있었다. 이제 그 애는 우등생 소녀 같지 않았다. 그 애가 전자 기타를 배우려면 솔페주를 꼭 알아야 하는 거냐고 조에게 묻고 있었다. 조는 펄쩍 뛰었다.

"당연히 아니지! 진짜 뮤지션은 악보를 연구하는 게 아니야. 그냥 귀로 듣고 치는 거지. 아, 물론 악보 공부를 한다고 해서 귀썰미가 떨어지는 건 아니니까⋯⋯."

난 그 말도 분명히 조의 할아버지가 한 말일 거라고, 조의 할아버지도 음악이 화제에 오르면 신경이 날카로워졌을 거라고 확신한다. 나트는 레게 머리를 신 나게 흔들며 조의 말에 열렬하게 동의한다.

나는 지나가다가 모범생에게 네가 기타를 잡고 직접 가사를 써서 노래하면 히트 칠 거라고 말해 주었다. 모범생이 자기 친구를 돌아보더니 이렇게 말했다.

"릴리, 우리 밴드 만들까?"

릴리. 그래, 걔 이름이 릴리였는데 잊고 있었다. 1930년대 여가수가 연상되는 예쁜 이름이다. 릴리는 대답하지 않고 맞은편 의자에 발을 올려놓은 채 긴 팔로 자기 무릎을 감싸 안았다. 머리카락이 반짝반짝했다. 릴리는 내 눈을 똑바로 쳐다보더니 갑자기 시선을 다른 데로 돌렸다. 우리 엄마가 도착했다.

프랑수아가 엄마를 데려왔다. 엄마는 예뻤다. 첫 시험을 치르고 오는 길이었다. 표정을 보니 시험을 잘 봤다는 걸 알 수 있었다. 엄마가 모범생에게 손짓하자 그 애가 프랑수아를 따라갔다. 셋이서 문간에 앉았다.

나는 릴리와 가까운 자리에 앉았다. 나는 그 애를 파리 억양을 쓰는 1930년대 여가수로 상상했다. 이를테면 영화 〈안개 낀 부두〉에 나왔던 미셸 모르강 같은 모습으로. 그 영화에서 장 가뱅이 "있잖아요, 당신 눈이 참 예쁘군요."라고 했을 때, 미셸 모르강은 "키스해 주세요."라고 대꾸한다.

릴리와 내가 무슨 얘기를 했는지도 잘 모르겠다. 사실 별 얘기는 없었다. 더 이상 꿈쩍도 하기 싫어서 나도 그 애처럼 발을 맞은편 의자에 올려놓았다. 릴리는 내가 편히 앉을 수 있게 조금 비켜 앉았다. 우리 둘은 다른 사람들을 구경했다. 가만히 그러고 있었다. 주위는 온통 시끄러웠다.

엄마는 프랑수아와 함께 우리 쪽으로 걸어오면서 조심스레 한쪽 눈을 찡긋했다. 행복하고 평화로워 보였다. 어쩌면 시험을 잘 치르고 와서 그랬겠지. 아니면 딴 데 이유가 있을지도 모르고. 릴리는 아무 말도 하지 않았다. 그 애 머리칼이 이따금 물결치듯 흔들렸다. 그 애가 가방을 들어 여자애들이 갖고 다니는 소지품 가방 같은 걸 꺼내는데 뭔가 짤랑거리는 소리가 났다. 얘는 요정인가 봐. 난 그렇게 생각했다.

나중에 모범생과 프랑수아 둘이 따로 앉아서 무슨 얘기를 하는 모습을 봤다. 둘 다 엄청 심각해 보였다. 교사와 학부모 상담이 연상될 정도였다. 전에 프랑수아가 어떤 여학생하고 특별 상담을 하느라 늦게 들어왔던 날이 생각났다. 아, 그 학생이 바로 모범생이었구나. 나는 프랑수아에게 다 알았다는 뜻으로 의기양양한 눈초리를 보냈지만, 프랑수아는 내가 왜 그러는지 모르는 것 같았다. 프랑수아는 그냥 무뚝뚝하게 자기 하던 얘기를 계속했다.

나는 자리에 그냥 죽치고 있었다. 화장실 가는 것도 귀찮아서 너무 많이 마시지는 않았다.

　우리는 발표 뒤풀이도 할 겸, 방과 후에 한잔하러 가기로 했다. 날씨가 선선했지만 그래도 우리 머리 위에는 봄날의 공기가 가득했다. 새들이 노래하고 있었다. 모든 소리가 그대로 귀에 들리는 기분이었다. 머리카락을 헝클어뜨리는 바람 소리, 멀찍이 울리는 전화벨 소리, 새들의 지저귐과 사람들의 발소리까지. 릴리, 마르탱, 나는 함께 걷기 시작했다.

　마르탱 선생님도 같이 갔으면 하고 잠시 바랐지만 나는 이내 선생님 일은 잊으려고 노력했다. 주차장을 지나가다 선생님 차가 전나무 그늘에서 부릉 하고 출발하는 모습을 봤다. 손을 들긴 했지만 감히 선생님을 부르진 못했다. 하지만 마르탱은 휘청대며 차를 쫓아 뛰어갔다. 릴리가 킬킬대고 웃었다. 선생님이 오라고 손짓을 해서 그쪽으로 갔다. 선생님도 뒤풀이에 가겠다고 했다. 그 차에 타니까 선생님이 나를 집까지 바래다 줬던 그날 밤이 생각났다.

바에 들어가자마자 차분히 앉아 있는 조와 나트가 보였다. 조는 아무렇지도 않은 척했지만 일부러 태연한 척하는 그 태도에서 오히려 안절부절못하는 속내가 보였다. 나트는 말이 많지 않았다. 그 애는 허벅지를 북 삼아 계속 드럼 스틱을 두드리며 퍼커션 음을 흥얼거렸다. 그런데 퍼커션에 음이 있던가? 조는 자기 펜더 기타가 어디 있는지 물었지만 금세 이 말을 덧붙였다.

"걱정하는 건 아냐, 난 널 믿으니까."

나는 조가 어떤 선생님에게 기타를 배웠는지 알고 싶었지만 대답을 못 들었다. 하지만 잠시 후 내가 딴 생각을 하고 있을 때 조가 불쑥 말했다.

"그냥 들으면서 연습했어."

그 후 몇 분 동안 나는 아무것도 보지 않았지만 모든 소리를 들었다. 바 뒤에서 커피포트가 내는 소리, 화장실 문이 쉴 새 없이 열리고 닫히는 소리, 테이블에 커다란 맥주잔을 내려놓는 소리, 그리고 이리저리 섞여 드는 목소리. 갑자기 모든 것에 흥미가 갔다. 사람, 공간, 각자의 독특한 음색, 머릿속에서만 맴돌고 입 밖으로 튀어나오지는 못하는 말에 대해서도.

바로 그 순간, 삶은 놀라움으로 가득하다는 생각이 들었다. 모든 것을 자기가 결정하고 싶어서 안달 내지 않는다면 미래는 더욱더 근사한 놀라움을 준비해 놓을지도 모른다. 마르탱 선생님을 주시했다. 나는 그동안 나의 바람을 오로지 선생님에게만 쏟고 있었기 때문에 놀라움이 끼어들 여지가 없었다는 것을 깨달았다.

벽에 걸린 거울에 내 모습이 비쳤다. 나는 미소를 보냈다. 머리카락은 헝클어져 있었고, 그동안 전혀 자라지도 않았다. 가방이 발에 질질 끌릴 지경이었다. 변한 데는 없었지만 다른 사람이 되었다. 인상이 좀 더 부드러워졌고, 눈빛에서 분노가 사라졌다. 심지어 엄마 아빠 생각까지 났다.

샤를로트가 왔다. 처음으로 샤를로트의 벌거벗은 몸을 상상하지 않았다. 나는 옆에 있는 조의 숨결을 느꼈고 그 애가 잔을 잡을 때 손 모양을 유심히 보았다. 섬세한 남자의 손, 이야기를 들을 줄 아는 손이었다.

그 후에 우리는 음악 얘기를 좀 나누었고 나는 릴리에게 밴드를 만들자고 제안했다. 우스갯소리처럼 꺼낸 말이었지만 진지한 마음도 분명히 없지 않았다.

마르탱 선생님과 샤를로트가 우리 쪽에 앉았을 때 나는 벌떡 일어났다. 내가 뭘 결심해서 한 행동은 아니었다. 그런데도 나는 그렇게 했다. 선생님에게 따로 이야기를 좀 하고 싶다고 청했다.

우리 둘은 좀 멀찍이 앉았다. 심장이 터질 듯이 두근댔다. 그래도 이래야만 한다는 것을 알았다. 내가 해방되려면 할 수 없었다. 선생님은 나에게서 눈을 떼지 않았다. 나는 모든 것을 고백했다. 하나도 숨김없이. 말할 수 없는 욕망, 나의 몽상, 일부러 나쁜 성적을 받았던 작전, 상상 속 선생님의 집, 나의 동요, 불가능한 바람까지도.

선생님은 몹시 놀라면서도 감동하는 것 같았다. 계속 말하라는 듯 눈짓을 했다. 나는 말했다. 더 이상 멈출 수가 없었다. 마침내 할 말이 떨어졌을 때, 숨을 고르며 내가 드디어 미쳤구나 생각했다. 그저 내 입에서 나왔던 마지막 한마디밖에 기억나지 않았다.

"이렇게 다 고백하는 이유는 이제는 그렇지 않기 때문이에요."

앞으로 수업 시간에 선생님을 어떻게 볼지 생각해 두지 않았다. 부끄러움도, 어색함도 생각하지 않았다. 그냥 바닥 타일이 갈라진 곳만 내려다보았다. 선생님이 천천히 일어나더니 나를 향해 고개를 숙였다. 선생님이 이렇게 속삭이는 말을 들은 것 같았다.

"카퓌신…… 네가 노랫말을 쓰고 릴리가 부른 그 노래, 정말 훌륭했다."

나는 앉아서 바닥에 시선을 고정한 채 숨을 크게 들이마셨다. 이제 나를 둘러싼 모든 것이 소리였다. 살금살금 걸어오는 발소리를 들었다. 그리고 어떤 손이 내 목덜미를 스쳤을 때에도 나는 소리부터 들었다.

　엄마는 오늘 밤에 안 들어온다. 뒤풀이를 하고 나서 프랑수아네 집으로 갔을 거다. 바람이 내 방 지붕창으로 들어온다. 이제 곧 떠날 방을 바라본다.

　조금 전까지의 일이 죄다 머릿속에서 뒤죽박죽이다. 내가 정말로 놀라기나 했나 모르겠다. 여자애들, 그렇고 그런 일들. 난 결코 그 이상은 생각해 보지 않았다. 조와 나트랑 있을 때에도 그런 얘기는 거의 하지 않았다. 그런 얘기 말고도 더 나은 할 일이 있었으니까.

　나의 워시번은 벽에 세워져 있다. 그게 좋다. 나의 베이스는 나를 책망하지 않는 눈치다. 오늘 밤 내 방이 유독 작아

보인다. 이곳에서 보낸 시간, 처음 베이스를 연습하던 때, 카펫에 아무렇게나 널브러진 노트를 생각한다. 이곳에 처음 왔을 때는 꼬맹이였는데, 이제 남자가 되어 떠나려 한다. 사실은 잘 모르겠다. 남자다, 남자가 아니다, 를 가르는 기준이 뭘까?

나는 촛불이 마저 타게 놓아둔다. 소변을 보러 가고 싶은데 일어나기가 싫다. 언제, 어쩌다가 이렇게 하기로 결정했더라?

카페에서 나오면서 바맨에게 인사를 했다. 그 순간, 내가 손짓할 수 있는 자유로운 손이 한쪽밖에 없다는 것을, 하지만 그 상태가 싫지 않다는 것을 알았다. 그러니까 내 말은, 잡혀 있는 손을 빼내어 다른 사람에게 내밀 마음은 조금도 없었다는 뜻이다. 뭐, 어쨌든 한 손이면 충분했다. 엄마와 프랑수아는 벌써 가고 없었다. 프랑수아는 나가면서 나에게 이렇게 말했다.

"시험을 치렀으니 기념을 해야지."

우리는 킬킬대고 웃었다. 확실히 지금은 단 한 명의 프랑수아, 세 번째 프랑수아가 있을 뿐이다. 사실은 전혀 심각하지 않은 프랑수아, 아무래도 좋다는 듯한 프랑수아. 내 생각에 프랑수아는 처음부터 우리 엄마에게 너무 목매달고 바보처럼 굴면 싫은 소리를 들을까 봐 겁이 났던 것 같다. 하지만 이제 그는 우리 엄마가 전혀 신경 쓰지 않는다는 걸 안다. 아니, 되레 엄마는 우리랑 어울려 어린 여자애처럼 까르르 웃곤 했다. 엄마에겐 한 가지 모습밖에 없다. 프랑수아가 행운을 잡았는지는 잘 모르겠지만 뭐, 그래도 좋다.

모범생도 집으로 돌아갔다. 나트와 조가 집 앞까지 바래다줬을 거다. 모범생은 자기 친구에게 뭐라고 속닥대더니 여자애들이 곧잘 갖고 다니는 소지품 가방 같은 걸 안겨 주고 갔다. 그 후에 나와 릴리는 함께 걸었다.

참 이상하다. 오늘 밤 나는 어엿한 남자가 되어야 할 텐데 프랑수아가 정식으로 내 삶에 들어오겠다고 선언한 그 순간부터 어린아이가 된 기분이다.

내 매트리스는 작다. 눈을 감고 바람 소리를 듣는다. 바람이 참호 속까지 파고들까? 나는 눈을 감았지만 이곳이 참호가 아니라는 것은 안다. 왜냐하면 내 어깨에는 반짝이가 묻어 있으니까.

그리고 침대에는 요정이 누워 있다.

그렇다. 아주 단순한 얘기다.

　나는 둘이 함께 있는 모습을 보고 그제야 깨달았다. 릴리
가 최근에 말하려고 애썼지만 내가 멍청하게 무시했던 이야
기가 무엇인지를. 나 자신이 부끄러웠지만 릴리가 잘된 것
같아서 기뻤다. 그리고 나서 맨 처음 떠올린 의문은 '릴리가
앞으로도 향수 샘플을 모을까?' 였다. 나도 참 어이가 없다.
　마르탱은 긴장이 풀려 평온해 보였다. 대형 무대에 섰던 그
애 모습, 열심히 요리하던 그 애 모습이 생각났다. 나는 마르
탱에게도 아무것도 묻지 않았음을 깨달았다. 사실 나는 아무
에게도 관심을 기울이지 않은 것이다. 갑자기 잃어버린 시간
을 따라잡고 싶은 것처럼 온 세상에 질문을 던지고 싶어졌다.

나는 벌떡 일어나 청바지에 손을 문지르고는 바맨과 얘기를 나누러 갔다. 바맨과 맥주, 커피 머신, 근무 시간, 석류 시럽 얘기를 했다. 바맨 자신에 대한 얘기도 조금 나왔지만 사생활을 허물없이 털어놓는 사람은 아니라는 인상을 받았다. 결국 바맨은 나에게 혹시 웨이트리스 자리를 구하는 거냐고 물었다. 나는 대답하지 않고 샤를로트에게 갔다. 그러다 마르탱 선생님이 왔을 때에 자리를 비켜 주었다.

조는 나트와 얘기를 나누고 있었다. 그 둘이 나를 불렀다. 밴드 이름을 새로 정할 건데 내 아이디어를 듣고 싶다나. 그건 핑계였지만 누군가가 나랑 있고 싶어서 핑계를 대는 거니까 기분은 좋았다. 조는 나에게 키스하지 않았지만 예쁘고 소중하고 섬세한 기타를 다루듯 내 몸에 가볍게 손을 스치곤 했다. 조에게서는 서두르는 기색도, 서툰 격정도 보이지 않았다. 내가 다른 데로 가려고 했더니 그 애는 그냥 내 손을 잡고 부드럽게 들어 올렸다. 그 애는 아직도 아픈 내 손끝을 살살 문질러 주면서 내 손가락 틈으로 이렇게 속삭였다.

"지금이 아니면 언제 이렇게 해 보겠어. 이제 곧 네 손도 내 손처럼 굳은살이 잡혀서 아프지 않을 거야."

컴컴한 밤이 다 되어서야 우리는 멜팅 포트를 나왔다. 릴리는 나에게 뽀뽀를 했고, 나는 그 틈을 타서 콘돔 다발이 든

파우치를 릴리 가방에 넣어 주었다. 내 이름 '카퓌슈' 는 거기에 덮어씌우는 것을 연상시키지만 콘돔은 나 카퓌슈를 위한 물건이 아니었다.

릴리는 어색해하는 것 같지 않았다. 오히려 평소보다 자신 있고 차분해 보였다. 릴리는 확신에 차 있었기에 멋있었다.

조와 나트는 우리 집 바로 앞까지 나를 바래다주었다. 커튼 뒤에서 서성이는 그림자가 보였다. 말없이 나를 기다리고 있을 엄마가 떠올랐다. 우리 셋은 한참이나 그 그림자를 지켜보았다. 하지만 창피하지 않았다. 나트는 작별 인사로 내 뺨에 뽀뽀를 해 주었다. 조는 그냥 내 귀에 대고 이렇게 속삭이기만 했다.

"내일 봐."

자정이었다. 방을 정리했다. 침대에 누워 꿈을 꾸었다. 이제 내 꿈속에 낯선 사람이나 벌거벗은 몸뚱이는 등장하지 않는다.

'난 열다섯, 한 번도 그거 못해 봤어.'

스르르 잠들면서 떠올린 생각이 바로 이것이다. 환한 미소가 내 얼굴에 번졌다.

조가 말했지.

"내일 봐."라고.

이 책을 처음 읽고 난 소감은 솔직히 어떤 느낌보다는 의문이 더 먼저 들었다. 우리나라에서 이 책이 어떻게 받아들여질까, 하는 의문 말이다.

그런 의문을 품었다는 것 자체가, 청소년이라면 누구나 생각해 본 적이 있고 일상의 화제로도 곧잘 오르내리지만 인터넷 소설류가 아닌 '정식' 청소년 문학에서 좀체 문자화되지 않은 주제가 있다는 얘기다. 그렇다, 어쩌면 이 책은 '청소년 추천 도서'는 될 수 없을지 모르지만(!) 이 책을 정말로 재미있게 읽고 뭔가를 얻어 갈 아이들은 분명히 있을 것이다.

이 재기 발랄한 소설은 열다섯 살 동갑내기 소녀와 소년의 이야기가 교차되면서 펼쳐진다. 머리가 좋아서 자타공인 '우등생'으로 통하지만 '첫 경험 강박증'으로 고민하는 소녀 카퓌신과 구제 불능 열등생이지만 뮤지션의 꿈을 안고 있는 감수성 풍부한 소년 마르탱은 같은 학교 같은 반이다.

카퓌신은 마르탱뿐만 아니라 또래 남자아이들에게 눈곱만큼도 관심이 없다. 요 발칙한 소녀가 자신의 첫 경험 상대로 비밀리에 찍어 놓은 사람은 역사 선생님 프랑수아 마르탱(또 한 사람의 마르탱!)이다. 하지만 역사 선생님에게도 학교 사람들은 모르는 비밀이 있다…….

마르탱 역시 같은 반 아이들에게 관심이 없다. 마르탱은 지금 늦깎이 공부 중인 엄마 대신 살림하랴, 중요한 경연 대회를 앞두고 밴드 연습 하랴 정신이 없다. 학생이니까 어쩔 수 없이 학교는 가야 하지만 그곳은 마르탱의 세계가 아니다. 하지만 마르탱에게도 역사 선생님과 얽혀 있는 비밀이 있다…….

처음에 카퓌신과 마르탱이 각자 늘어놓는 이야기는 서로 저만치 떨어져 있는 두 개의 섬처럼 아무 연결 고리가 없어 보이고 다소 산만하게까지 느껴진다. 하지만 이제 그들은 아주 특별한 경험을 공유하며 서로를 성장시켜 나갈 것이다. 카퓌신은 수업 시간에 잠이나 자는 '스머프' 같은 녀석에게

서, 마르탱은 머리 좋은 '모범생'이라고만 생각했던 소녀에게서 몹시 중요한 영향을 받게 될 것이다.

그 과정에서 어른들의 눈에 맹랑해 보일지도 모르는 소녀는 누구보다 순진하고 진솔한 아이의 목소리를 들려줄 것이고, 아무짝에도 쓸모없어 보이던 소년은 사람의 마음을 울리는 시인이 될 것이다. 이만하면 제법 괜찮은 전개가 아닌가? 무엇보다 이 책은 도발적인 매력과 읽는 재미가 있다. 독자들에게 한 가지 팁을 주자면 이 책에서 언급되는 곡인 슈퍼 트램프의 〈스쿨〉이나 다이어 스트레이츠의 〈브라더스 인 암즈〉 등을 찾아서 들어 본다면 더 재미있을 것이다.

이 책이 많은 청소년 독자들에게 내숭 없는 친구처럼 편안하게 다가가기를 바란다.

이세진

난 열다섯, 한 번도 그거 못해 봤어

초판 인쇄 | 2012년 4월 25일
초판 발행 | 2012년 4월 30일

지은이 모드 르틸뢰
옮긴이 이세진

편집 신정선 | **마케팅** 이명재, 최현준, 이은영 | **디자인** 공중정원 박진범 | **펴낸이** 이재일

펴낸곳 토토북
주소 121-210 서울시 마포구 서교동 380-6 원오빌딩 3층
전화 02-332-6255 | **팩스** 02-332-6286
홈페이지 www.totobook.com | **전자우편** totobook@korea.com
출판등록 2002년 5월 30일 제10-2394호

ISBN 978-89-6496-073-8 43860